# 別府

BEPPU

—

Takashi
Serizawa

芹沢高志

# 1

すこし時間が不安になってきたから、トレードセンター駅でニュートラムを降りると、夕刻のごった返す人混みのなか、小走りで大阪南港のフェリーターミナルに向かう。チケット窓口で乗船名簿を提出し、ツーリストベッドを押さえ、凄まじく長い通路を走り抜けて、一九時五分発の別府行き、フェリーさんふらわあに飛び乗った。

船内の受付カウンターで乗船証を出すと、愛想のいい若い女性の乗務員が青い鉛筆で324×2と謎めいた番号を書きいれて、微笑みとともに返してくれる。しかしその意味がわからず、この数は何かと尋ねると、部屋の番号だと言う。三二四号室か。なるほど。しかしそのうしろの×2はなんなのかと思うけれど、それについては聞きそびれた。まあ、自分の部屋さえわかれば、とりあえずの問題はない。鞄を引きずって三二四号室を探した。

部屋はすぐに見つかり、私は重いドアを開けてなかに入る。ツーリストベッドは真ん中の通路を挟んで、右側の壁と左側の壁、双方に二段ベッドがふたつずつあり、八人部屋だった。特徴のない顔の中年の男がひとり、左奥の下段のベッドに荷物を広げ、なにやら物思いにふけっている。無言で会釈し、私は彼の手前、ドアに近い方のベッドを選んだ。

もうすぐ出航の時刻だし、荷物はそのままに部屋を出る。売店で「神戸ワイン」というやつを見つけたので、赤の小瓶を、かなり迷った末に、念のために二本買いこみ、三階のデッキに向かった。

しかし、闇は魔術師だ。目の前の、昼間はつまりもしない大阪府庁が入った高層ビルも、なんとなく美しく見える。ワインを開けてコップに注ぎ、口をつけたところで、船はゆっくりと回転をはじめた。横でふたりの子どもたちが、姿のない見送り人に向かって必死に手を振っている。

このゆっくりとした滑るような回転が、私の記憶を目覚めさせたのか、目の前の光景に重なるようにして、頭のなかでさまざまな思い出が現れては消えていく。アルヘシラスで衝動的に乗り込んだタンジェに向かうフェリー。あれは、はじめてのアフリカだった。あるいは、那覇の港。突然、夕暮れの鉛色の海に那覇港と書かれた石柱が現れ、次に鉛色の空に異変を感じて見上げれば、ギラギラと光る四つの目が近づいてくる。一瞬、なにが起こったのかわからなかったが、それは爆音を立てて低空を飛行する米軍の二機のジェット戦闘機の、強烈にまぶしいライトだった。何十年も経ったのに、あの日の四つ目は今も目に焼きついている。

それから、私がもっとも愛する映像インスタレーションのひとつ、「シネノマド」の『三つの窓』。これは三種類の映像が完全に同期されて三面のスクリーンに映し出される作品だが、ある場面で、左右の二面に、ギリシャ、パトモス島の夜の港でゆっくりと、ゆっくりと回転し、向きを転じる大型のフェリーが映し出される。真ん中の画面は、眠る老詩人の姿だったか……。両側で同期して回転するその船は、老人の夢のなかの光景のようにも思えた。

そして、二〇〇五年一一月一八日の横浜。あのころ、私は横浜で開かれていたある芸術祭で働いていて、毎日、会場となった山下埠頭の現場に通っていた。あの朝、埠頭に行くと、昨夜はいなかった巨大な新造のコンテナ船が大桟橋に横付けされている。それは本当に大きな船で、大桟橋そのものがまったく見えなくなっていた。船の腹には白文字で

**Hapag-Lloyd**

と書かれてあった。夕刻、野外で打楽器アンサンブルユニット「オムトン」が演奏をは

じめるが、しばらくするとその船が突然動きだした。目の前の海上でゆっくりと、ゆっくりと回転をはじめ、舳先を外洋に向けようとしている。その回転は「オムトン」の波打つリズムと完全に同期して、空は透明な冬の濃紺だった。月が冴え冴えと輝き、船は音もなく出港する……。

大阪南港がだんだんと遠ざかる。風は寒いというほどでもなく、心地良い。ワインを飲みながら、しばらくデッキを歩きまわった。ほとんどの人は船内に留まっているらしく、一番奥まったところのベンチで、若いカップルが肩を寄せ合っているだけだった。しばらくすると進行方向右手に着陸態勢に入った飛行機が現れ、船と並走する。神戸空港に降りるのだろう。船は神戸を過ぎる。すこし身体が冷えてきたから、部屋に戻った。

すでに奥の男は寝ているのか、カーテンを閉めて、自分のベッドに引きこもっている。私もまねをしてベッドに横になり、枕元の壁にある蛍光灯をつけてカーテンを閉めた。堅いベッドと、足を伸ばせばちょうどいっぱいになるこの空間が、思いもかけず心地良い。

鞄を開け、とりあえず放り込んできた読みかけの二冊を取り出す。一冊は田原《ティエンユエン》の『水の彼方』、もう一冊はオルガ・トカルチュクの『昼の家、夜の家』で、トカルチュクの本はもうすぐ読み終わるところまで来ていたから、まずこれを読みはじめる。

舞台はチェコ国境に近いポーランドの山村ノヴァ・ルダだ。ここに夫の、あるいは夫であるらしいRと移り住んだ「わたし」が、自らの覚書や回想、夢、気候風土、近所の人々とのやり取りや地元に伝わる聖人伝、さらにはキノコ料理のレシピなど、ありとあらゆる事柄を百十一の断片として書き記す。最初はそうやって、ある土地、つまりノヴァ・ルダを多面的に照射していく物語だと思っていたが、読みはじめると、どうもおかしい。たとえば隣人のマルタは、どうやら夏にしか存在しないし、ノヴァ・ルダの協同組合銀行に勤めるクリシャは、夢のなかで左耳に愛をささやかれ、その男を捜して人生を狂わせていく。登山中に心臓発作を起こし、チェコとポーランドの国境をまたいで死ぬドイツ人の話や、その遺体を処理した国境警備隊員はオオカミ人間に襲われたようだ。ときどき紹介されるキノコ料理のレシピにしても相当怪しいもので、例えばこんなふうだ。

【シロタマゴテングタケのスメタナソース】

キノコ　半キログラム
バター　三〇〇グラム
タマネギ（小）　一個
スメタナ　半カップ
小麦粉　大さじ二杯
塩、胡椒、クミン

タマネギをバターで炒め、塩、胡椒、クミンで下味をつける。テングタケを細かく刻み、先のタマネギに加えて、十分ほど蒸す。スメタナに溶いた小麦粉を加える。ジャガイモか、お粥に添えて食べる。

スメタナは東欧の発酵乳で、いわゆるサワークリームだから、ちょっとうまそうだが、こんなものを食べたら命を落とすだけだろう。

次から次へと語られていく物語の重なりに、話はなにやら千一夜物語の空気に包まれて、そもそもこの語り手である「わたし」そのものが、誰かに語られた物語のひとつではないのかと、すべての立ち位置がぐらついてくる。そういえば繰り返し挿入され、展開していく聖女クマーニスの伝説と、彼女の生涯を追って聖人伝を書いた修道士パスハリスの物語も奇妙なものだ。クマーニスは美しい女性だったが、父の理不尽な要求に屈したくないと祈ったために奇跡が起こり、彼女の顔は髭の生えたイエス・キリストの顔に変貌する。そしてこの遠い昔の聖女に憧れて、聖人伝を書いていくパスハリスは、自分が間違った身体で生まれてきたという意識にさいなまれ、女になることを夢見る美しい少年だった。なにかとなにかのあいだを彷徨い続ける、ふわふわとした浮遊感が、この『昼の家、夜の家』のすべてを満たしている。

しかし、そもそも昼の家と夜の家とはなんなのか？

**わたしはマルタにこう言った。人はみな、ふたつの家を持っている。ひとつは具体的な家、時間と空間のなかにしっかり固定された家。もうひとつは、果てしない家。住所もなければ、設計図に描かれる機会も永遠に巡ってこない家。そしてふたつの家に、私たちは同時に住んでいるのだと。**

あるいはこんな記述もある。

**あらゆる瞬間、幾百万の人間が眠っている。人間の半分が眠りに巻きこまれていると**

き、もう半分は起きている。一方が目覚めれば、他方は眠らなくてはならない。そうやって世界は均衡を保っている。

決して相殺されることのないふたつの世界。

しかし最近の宇宙論を聞いていると、物理学者たちはもっと遠い、遥か彼方に行ってしまったようにも思える。ひも理論とインフレーション理論を結びつけてレオナルド・サスキンドが到達した結論は、無限個の宇宙が無限回出現するということのようだ。この宇宙はそのうちのひとつに過ぎず、私たちはたまたまここに生きているに過ぎない。また別の有り様の宇宙が同時に無限に存在しており、どうして重力やプランクの常数はこんな値を取るのかと問うてみても意味はないと言う。たまたまそういう値を取った宇宙のなかで、私たちのような存在が宇宙の意味を問うているだけのこと。こうした考えに立つ科学者たちは、宇宙＝ユニヴァースという呼び方は、ユニは一の意味だから正しくない、マルチヴァース、あるいはメガヴァースと呼ぶべきであると主張する。

私はこういう想像力の旅は嫌いでないし、好みとしては十分納得する。けれど、だからどうだと言えなくもない。無限個の異なる宇宙はあってもかまわないが、私たちはそれを同時に生きることはできないし、行き来もできない。私たちが生きられるのはこの宇宙しかないのだ。とは言っても、たったひとつしかない宇宙に生きるということと、無限個の宇宙のなかのひとつにたまたま生きるということとの、意味の違いは痛いほどよくわかる。この「たまたま」に深い感謝がこみあげて、自分の一回限りの人生に想いを巡らせる。

また別の宇宙でも、私たちはふたつの家を行き来するのだろう。

おそらく夜の家とは、眠る私が住む家だ。

再びデッキに出る。

時間をみれば、午前一時すこし前。すでに瀬戸大橋は過ぎたようで、船は来島海峡大橋に向かっている。手すりにもたれ、ひとり海を見つめる。

行き交う船、ブイ、島々の灯り。大小さまざまな光の固まりが音もなく海面を滑っていく。それを無心に眺めていると、昔観た杉井ギサブローのアニメーション『銀河鉄道の夜』を思い出す。あれは夜の映画だったなあ……。ジョバンニもカムパネルラも、登場人物はほとんどみんなネコだったから、かえって切ないリアリティにあふれていた。あのなかで銀河鉄道は、もうひとつ別の世界への旅立ちだったが、夜の瀬戸内を走るこの船旅も、私をどこか別の世界に連れて行くのだろうか？

瀬戸内海は多島海だ。次から次に島のシルエットが現れる。ここをエーゲ海、ブリティッシュ・コロンビア沿岸水路、あるいは星の王子さまの生まれ故郷、小惑星帯と比べることもできるだろう。あのひとつひとつの島に人が住み、それぞれの人にそれぞれの人生があるんだと考えると、寂しさと懐かしさが入り交じる、奇妙な感覚に包まれていく。無数の島と無数の物語。そうだ、これは子どものころ、満天の星空を眺めて感じたあの感覚だ。ひとつひとつの光の点に、私が立つこの場所と同じ空間の広がりがあるのだと感じて、たったひとり呆然と立ち尽くした、あの冬の冷たい夜の感覚だった。

量子電気力学の基礎を築いたイギリス出身の物理学者、フリーマン・ダイソンは、人類の宇宙進出に関して、小惑星帯の可能性に注目していた。彼は将来、太陽近傍の空間は、巨大政府と巨大企業がコンピュータで徹底的に管理して、予想外のことはなにも起こらない社会になっていくだろうと考えて、アウトローたちが逃げていく先として、彗星や小惑星帯を夢想していた。ここまで小さな星がたくさんあれば、身を隠す場所は十分にある。多島海も同じことだ。

私たちは逃げ込む場所を必要としている。遥か群衆を離れ、たったひとりで逃げ込む場所を必要としている。

バラの花との関係がこじれて、小惑星B612を旅立った星の王子さまは、次々とほかの星を訪ねていく。計算以外なにひとつしたことがない、太った赤い顔の男がいる星、高貴な紫と白テンの衣装をまとった王様がいる星、うぬぼれ男がいる星、酒を飲む恥ずかしさを忘れるために酒を飲む、酒飲みがいる星、もっと星を買うために星を所有し続けるビジネスマンがいる星、一本の街灯とひとりの点灯夫だけがいる星、書斎だけに閉じこもってどこにも出て行かない地理学者がいる星……。

いろんな人がいる。しかし、みんなひとりぼっちだ。みんな、どこから来たのだろう？

サン＝テクジュペリの描く心の風景はどこか寂しい。人が必ず引き受けねばならない素っ裸な孤独を、彼は目を背けずに見ているからだ。

おそらく寂しさには二種類ある。荒廃へと向かう、ささくれだった寂しさと、すべてを慈しみたくなる地平へと人を誘っていく寂しさで、今感じるのは後者の寂しさだ。

『コンタクト』という映画があった。天文学者、カール・セーガンの小説をロバート・ゼメキスが映画化したもので、主人公の電波天文学者、エリナー・アロウェイをジョディ・フォスターが演じていたから、ただそれだけで観たのだが、意外に面白く、今もときどき思い出す。

地球外知的生命との交信プロジェクトを推進するエリナー・アロウェイ博士（愛称エリー）は、ニューメキシコの超大型干渉電波望遠鏡群で、ヴェガの方向から断続的に発信される有意な電波信号をとらえ、その解読に成功する。しかし、そこにある種の宇宙空間移動装置の設計図が含まれていたことから、政治、科学、宗教を巻き込んだ複雑な思惑の力学に翻弄されていく。

結局、エリーは北海道に極秘裏に建設されていたこの装置にひとり乗り込み、地球外知的生命とのコンタクト、つまり接触に成功する。ハリウッド映画としてはこれで十分なわけだが、私が共感したのは、彼女の複雑な心情だった。

この装置の原理は、現在の地球の科学では理解できない。それを建設することはできるのだが、動かしたとき、何が起こるのか予想もつかなかったのだ。だから乗務員は実験台、後戻りのできない実験動物だった。

実験は開始され、装置は正常に作動した。そして、そう、彼女の体験としては、実験は成功だった。彼女はある存在と接触する。しかし、地上の観測者たちの目にはなにも起こらなかった。観測者たちが見たものは、ただエリーの乗った装置が海面に落下したことだけ。彼女の身体に取り付けたビデオカメラの映像もノイズだけで、接触を証明するものはなにも写っていない。つまり「客観的な」立場からすれば、エリーがほんとうに地球外知的生命と接触したのかどうか、実証することはできなかったのである。

ラストシーン、ニューメキシコの電波望遠鏡群を背にして子どもたちと談笑するエリーの表情が印象的だった。彼女はたったひとり、接触に成功した。彼女は自分でそう確信している。しかし、彼女と同じ経験をした人物はいないわけで、ほんとうの意味での理解者はいない。彼女の経験を真実だと言える人間は、世界でただひとり、彼女の他にはいないのだ。彼女の絶対的な孤独を想う。と同時に、彼女は体験として知っている。われわれはこの広大な宇宙のなかで、決してひとりぼっちではないことを……。

ひとりぼっちでありながら、ひとりぼっちではない。

無数の星、無数の島。孤独と共鳴。

部屋に戻ると、奥の男はかすかに寝息を立てている。彼はすでに、夜の家にいるのだろう。

午前六時。私は船上で朝の香りを胸いっぱいに吸い込む。昨夜は晴れていたのに、今は完全に水蒸気の世界で、海と陸の境界もはっきりとしない。到着は六時五五分の予定で、しばらくすると高崎山や鶴見岳の輪郭がうっすらと浮かんできた。別府だ。

別府と大分の市境に位置する高崎山が、立てた女の右膝に見え、私は靄に包まれた別府湾の柔らかな内奥に向かってまっすぐに進んでいった。

## 2

国東半島と佐賀関半島のあいだ、深く陸に食い込むのが別府湾だ。その最奥、西側には鶴見岳、由布岳といった連山が迫り、そこから流れる朝見川、春木川、境川によって形成された扇状地が別府という場所である。下流部に広がる沖積平野のエッジ、海との境界は奇妙なほどまっすぐで、だから航空写真で上空から見る別府の扇状地はほぼ台形をしている。陽は海から昇り、山に沈む。

扇状地の北部と南部には東西を横切る短い断層が多数分布し、これらの断層に挟まれた窪んだ土地に市街地が広がっている。ここは中央構造線、西南日本を縦断する大断層系のすぐ北にあたる。

しかし別府を特徴づけるのは、なんと言っても温泉だ。源泉数二八〇〇カ所以上で日本の総源泉数の一〇％を占め、湧出量は一日あたり一三七〇〇〇キロリットル。日本最大であり、世界的に見てもイエローストーンに次いで第二位となる。

量以上に驚くべきことは、その泉質の豊富さだろう。温泉法で規定される療養泉は、泉質によって単純温泉、二酸化炭素泉、炭酸水素塩泉、塩化物泉、硫酸塩泉、含鉄泉、含アルミニウム泉、含銅―鉄泉、硫黄泉、酸性泉、放射能泉の一一種類に分類されるが、別府には放射能泉以外の一〇種類の存在が公認されている。しかし鉄輪《かんなわ》でラジウム温泉の表示を見たことはあるし、別府温泉、北浜の一部源泉では、かつて北海道の帯広周辺含め、世界で二カ所しか湧いていないとされたモール泉さえ湧出していると聞いたことがある。つまり、ほとんどすべての、ありとあらゆる温泉がここにはあるということだ。

別府の温泉は歴史的、地理的に八つのエリアに分けられていて、別府八湯と呼ばれている。別府温泉、浜脇《はまわき》温泉、観海寺《かんかいじ》温泉、堀田《ほりた》温泉、明礬《みょうばん》温泉、鉄輪《かんなわ》温泉、柴石《しばせき》温泉、亀川《かめがわ》温泉の八湯である。

別府の朝は遅く、九時にコーヒーを飲もうと思っても、街なかで開いているカフェを見つけるのは難しい。チェーン店のコーヒーショップ、数店のファストフード店、ファミリーレストランといったところか。駅コンコース横のカフェに席を取り、ダブルサイズのエスプレッソで目を覚ます。

しかし、別府だなあ……。右前のテーブルに向かい合って座る男と女は、この時間から白のグラスワインだ。食べ物もとらず、ただワインだけを飲んでいる。男は五〇代のはじめだろうか、白のシャツにダークグレーのスラックス。携帯を二台持ち、ずっと誰かと話している。女の方は男より一〇は若いだろうか、六〇年代の映画から抜け出てきたような雰囲気だ。

小さな目にこれでもかというほどのつけまつ毛、茶色に染めた髪をだんごに結い上げ、ざっくりとしたベージュのセーターに赤いスカート、赤いハイヒール。膝の上に白のハンカチを几帳面に広げて、生真面目な顔をして右手の爪の赤いマニキュアを凝視している。

男は携帯を切ると手を伸ばし、彼女の頬を優しく愛撫した。

私は別府で三年ごとに開催される『混浴温泉世界』という芸術祭の、総合ディレクターを務めている。なにをしているのかと言えば、アートやダンスの専門ディレクターと協力して全体の中身を決め、プロデューサーと歩調を合わせてその構想を実現させる。そんな仕事があるのかと不思議に思うかもしれないが、オーケストラの指揮者とか映画の監督のことを頭に浮かべてもらえばいい。

こう書けば、なにか重要な仕事にも聞こえるが、それが正直な話、自分でもよくわからないのだ。映画であっても、すばらしいシナリオがあり、すばらしい撮影監督がいて、すばらしい俳優が演じれば、どうにか映画はできてしまうし、ここにやり手のプロデューサーでもいてくれれば、思ってもいない成功を収めることもできるかもしれない。指揮者にしても、髪を振り乱して派手に指揮棒を振り回すが、等身大のメトロノームとどこが違うのか? 演奏家たちはみんなプロフェッショナルで、弦の最初のひと弾き、金管の最初のひと吹きさえ外さなければ、あとはどうにかなってしまうのではないだろうか?

と、そんなことを思いつつ、それでも映画には監督が必要であり、オーケストラには指揮者が必要である。誰が監督をするかによって、できる映画には雲泥の差が生まれるし、誰が指揮をするかによって、オーケストラの演奏にも雲泥の差が生まれる。問題は、そして極めて深刻な問題は、私にそんな大役が果たせるのかということだった。

私が芸術祭のディレクター就任の要請を受けて別府にはじめてやってきたのは、二〇〇六年四月のことだった。いや、はじめてというのは嘘で、子どものころ、鹿児島の親戚を訪ねて両親と観光バスで九州を縦断し、たしかそのとき、立ち寄った記憶がある。かすかな「地獄めぐり」の思い出で、血のような朱色やコバルトブルーや白濁した池、ぶくぶくと沸き立つチョコレート色の、ねっとりとした半球の泥の泡、大量のワニ、いやこれは伊豆熱川のバナナワニ園の思い出だったか、そんなシーンの断片たちが、子ども時代の整頓されない引き出しの奥にひっそりとしまわれていた。しかし、それ以上の記憶はまったくない。ただ、典型的な大型温泉観光地としてのステレオタイプなイメージがあるだけで、おそらく一生、再び訪れるはずもない土地だった。

関係者と挨拶を交わし、私は北浜や松原や浜脇の路地を歩いた。鉄輪の湯煙のなかにわけ入り、火口近くの強酸性の湯につかった。そしてそれまでの私のなかにあった別府のイメージは、瞬く間に壊れていったのだ。

別府の発展は明治初期の開港とともにはじまるが、第二次世界大戦の戦災を受けていないから、日本の近代化と言われる時代の残り香が、ところどころに残っていた。さらに温泉が生み出す特異な風景。いたるところに公共の温泉があり、組合員しか入れないものもあるけれど、ほとんどは観光客であっても一〇〇円で利用できる。すこし歩けば必ず銭湯があり、こんなにもそこいら中に外湯があるから、人は自分の家に風呂を持たない。内湯がないのが、昔ながらの別府のライフスタイルなのだ。ときどき桶を持ち、半裸と言ってもいい姿で銭湯に向かう老人たちを見かけたが、そう、彼らにとっては公道も自分の家の廊下と変わらない感覚なのだろう。プライベートとパブリックの区別が曖昧になり、相互に溶け出している状況に衝撃を受けた。住民は温泉を日々、自分たちの生活のために使っている。別府の湯は観光温泉ではなく生活温泉であり、竹瓦温泉や不老泉といった大きな銭湯の二階は地区の公民館になっていて、銭湯を核にしたコミュニティが今もかろうじて生きていた。

別府が港町であることも、ここの独特な空気を形づくっているのかもしれない。別府を切り開いた人の多くは、どこかほかのところからやってきた流入者たちだった。そして今も、日々、大勢の観光客が別府を訪れ、去っていく。

別府は地理学的な明快さを持つ。西の山と東の海の間に広がった美しい半月状の窪んだ土地で、その姿はすこし高台から眺めれば一目で把握できる。そしてその地下には豊富な湯が流れている。この街はまるで湯の上に浮かんでいるようだ。湯の上に、過去と現在と未来のかけらが混在し、多種多様な人々が生き続ける。どこかほかのところから流れ込み、しばらく留まる人、観光客として一日、二日の滞在で去っていく人。国籍、年齢、性別、貧富の差はさまざまであれ、種々雑多な人間たちが、日々、この土地を通り抜けていく。

この窪地の有り様が、山中の露天風呂の有り様と重なる。そして港の有り様とも重なった。だから私は任された現代芸術祭を『混浴温泉世界』と名づけ、次のような一文をノートした。

**まず、大地から湯が湧きだし、窪みに溜まる。それは誰のものでもない。人はそれを慈しみ、自発的に守り維持する。そして、ここに住む人も旅する人も、男も女も、服を脱ぎ、湯につかり、国籍も宗教も関係なく、武器も持たずに丸裸で、それぞれの人生の**

あるときを共有する。しかし、つかりつづければ頭がのぼせ、誰もそのままではいられない。入れ替わり湯から上がり、三々五々、ここを去っていく。人は必ずここを立ち去り、再び訪れる。ゆるやかな循環。

『混浴温泉世界』という言葉に込めた想いは、もちろん現代社会で必要性が繰り返し語られる持続可能性、文化多様性の強調ではあるのだが、それだけではなかった。別府は私にいろいろなことを気づかせてくれたが、ユートピアとの距離の取り方もそのひとつだった。いくら理想的な世界であっても、そこに留まり続ければ疲弊していく。肉体的なのぼせが危険であるのと同様に、精神的なのぼせもまた危険であると言えるだろう。どこであれ、私たちはときどき、そこを離れねばならないのだ。

伝統的なコミュニティの崩壊が現代の悲劇を生んでいるとよく言われる。それはある程度正しいが、同時になぜコミュニティが崩れていったのか、よくよく考えてみなければならない。別府のメタファーで考えれば、若い人は共同浴場の裸の付き合い、あまりにも濃密な関係性に煩わしさを感じ、いつでも自由なときに使えるシャワールームを夢見て大都会に出て行く。そしてある晩、ひとりでシャワーを浴びながら、自分の孤独に涙するのだ。今までは共同浴場かシャワールームか、どちらかを選べと迫られることが多かったが、私は別府に来て思う。そんなことはどっちでも良く、どちらもあり。行き来すればいいだけだ。ユートピアはどこにもない。いや、どこにでもあるのだが、そこに留まり続ければ、ユートピアはユートピアでなくなってしまう。

こんな考えに基づいて、私は二〇〇二年、帯広競馬場厩舎地区で展開した『デメーテル』という国際展の手法を、別府の街そのものに広げてみようと考えた。あのときは初期帯広の風景が色濃く残る競馬場厩舎地区という特異な風景のなかに現代美術作品を点在させ、その風景そのものに人を誘おうと試みた。それは場所の発見だった。

あのころは地と柄ということを考えていた。とてもすてきな服地なのに、あまりにも見慣れてしまって、その地の良さに気づかぬことがある。ならばここに現代美術という見慣れぬ柄を配することで、あらためて地の持つ可能性に光を当てられないか。私は一様な、世界中どこでも同じホワイトキューブのなかでのみ、美術が置かれ批評されていく現実に嫌気がさしていたから、それは場所と作品を切り離さない姿勢の表明でもあった。

**コンテクストのないところに意味はない。**

グレゴリー・ベイトソン『精神と自然』

私はマイケル・リン、ラニ・マエストロ、インリン・オブ・ジョイトイ、チャン・ヨンへ重工業、ジンミ・ユーン、アデル・アブデスメッド、ホセイン・ゴルバ、サルキスの八名のアーティストに声をかけ、『混浴温泉世界』の制作に着手した。彼らとともに別府を歩き、ロケハンを行い、歩きながら作品についてさまざまな意見を交換していった。

あれから二年半が経つ。

私はフェスティバルの二回目をつくらねばならなかったが、実を言えば、なにをしていいのか、よくわからなかった。一度目はいい。しかし二度目というやつはけっこう難しく、プロデューサーや主催者たちには、さあ行こう、新鮮なアイデアがある、任せてくれと威勢良く演説を繰り返すが、ほんとうのところは空っぽだった。やりたいことは全部やってしまった気もするし、新鮮なアイデアなんて湧いてもこない。わからない、難解だ、作品数が少ない、客が来ない、興行的に失敗だ……。一回目を終えてさまざまな辛口の意見を浴びせられるほど、なにを言うか、どうしてもっとよく見ない、そんなこと本質ではないのだとかんしゃくを起こして反論するが、ひとりになって問い返せば、そうかもしれないと弱気になる。一回目と同じことを繰り返せばいいのだ、二回目なんて簡単だと思おうとするが、そうすればそうするほど、もうひとりの私が、繰り返してなにが面白いと、訳知り顔で冷たくささやく。要するに、私は道に迷っていた。だからこうして、ひとり別府にやってきたのだ。

なにかを捜しに……。しかし、厄介なことに、捜しものがなんなのか、それさえわからなかった。

隣の席のふたりは席を立つと、突然、深く口づけをする。そして何事もなかったように、手を取り合って店を出て行った。

とりあえず、駅前の古びたホテルに部屋を取る。入り口は狭く、カウンターのほかには、ロビーといってもソファーが一脚あるだけだ。カウンターには初老の男女が立っていて、ふたりともすこぶる愛想がいい。そのカウンターのなかの家族的な微笑みを見ていると、ソウルでやむなく飛び込んだ、半分ラブホテル化したビジネスホテルのことを思い出した。

ところがエレベーターに乗って客室階に出ると、予想に反して、客室がずらりと並んでいる。どうやらどこかの階から隣のビルと連結されているのだろう。部屋もだだっ広く、家具もほとんど置かれていない、がらんとしたその様子に、ポルトガルのどこか、リスボンか、いや、ポルトあたりか、そうだ、ポルトの安ホテルを思い出す。いや、蘭州かもしれない。どちらにしろ日本のどこかを思い出すことはなく、一瞬、自分がこの星のどの都市にいるのか見失って、軽いめまいに襲われる。

バスルームの給水パイプが、突然、ゴンゴンと音を立てた。

# 3

今ではすこしにぎわいを取り戻した気もするが、はじめて別府に来たころは、ここ北浜辺りでもアーケードの商店街を歩く人はまばらで、シャッターを下ろした店がやたらと目についた。みんな、昔はここを大勢の観光客が闊歩して、手を引かれる子どもなんか、前も見えないくらいだったと話してくれるが、そう聞けば聞くほど、どうしようもない哀しみが広がっていく。

ソルパセオ銀座の商店街を進み、表示に従って左に折れて、竹瓦温泉の前に出る。裳階のついた入母屋造りで、寺かと思うほどの木造建築だ。その横を通って、北側の小路に足を踏み入れる。

アーケードを一歩離れて裏に回れば、このあたりは路地が迷路のように広がっている。

真夏の正午、ひとり路地を歩く。行き交う人もなく、ただアブラゼミの声が降り注ぐだけだ。しかし、ここには気配がある。ふとうしろを振り向けば、まさに今、そこの角を誰かが曲がっていったような、そんな気配をたしかに感じる。


そして今も、遠くの先の十字路をふたりの女が駆け抜けていった。

それからネコだ。いろいろな街でいろいろなネコを見てきたが、ここほどネコがなじむ場所はない。港だからだろうか。漁港は遠く、魚をくわえて市場から逃げ去る姿を想像することはできないが、魚にありつく機会は多いだろう。それともオンドルのような土地だから、冬を生き延びる確率が高いのか、あるいは単に庭がなく、イヌを飼う者が少ないからか、理由はよくわからないものの、とにかく別府にはネコが多い。今もがりがりにやせた三匹の子ネコにぴたりと寄り添うメスのクロネコが、「なにしに来たん」と言うように、私をじっと見つめている。

## あらゆる純粋な生き物と同じく、ネコは実際家だ

ウィリアム・バロウズ『内なるネコ』

母ネコの視線を感じながら、短い石段を昇り、波止場神社の境内に入る。石堀石垣に囲まれたこの神社は決して大きなものではなく、一対の石灯籠と梁間三間、桁行二間の拝殿、それにつながる本殿が建つだけで、孤島のようにひっそりと、この街区に浮かんでいる。拝殿も三方壁のない開放的な造りで、正面には松方正義の書で「波止場神社」の木彫りの額が掲げてある。覗き込んで見上げれば、格天井の格間の一枚一枚には花鳥や十二支が描かれていて、吹きさらしだから色も褪せてしまっているが、その図柄はなんとなくかわいらしく、い

とおしい。

　波止場神社か……。その波止場という語感がたまらなく好きだ。明治初頭の廃藩置県で、幕府領別府は日田県になり、その初代県知事が松方正義、のちに総理にもなった男だ。彼はここに近代的な港を開けば交通の要になると直観し、その事業に着手する。当時、この一帯の干潟では湯が湧きだし、「海内稀なる潮温泉にてもろもろの病を治す」と知られていたが、基本的には松林に人家がまばらに建ち並ぶ、小さな漁村に過ぎなかった。港も、浜脇の朝見川河口付近に泊地がある程度。松方は朝見川より北の流川河口付近に近代的な港を建設しようと夢見たのだ。そして彼の直観は見事にあたり、別府は瀬戸内に開かれた扉となり、商都大阪と直結していった。

　その事業をはじめるとき、築港の工事や船の航行の安全を祈願して建てられたのが、この神社であるという。祀られているのは気長足姫命《オキナガタラシヒメノミコト》、倉稲魂命《ウカノミタマノミコト》、菅原神《スガワラシン》、市杵島姫命《イチキシマヒメノミコト》、三筒男命《サンヅツオノミコト》、大物主命《オオモノヌシノミコト》、事代主命《コトシロヌシノミコト》。どうも神様の名前は複雑で、出自もはっきりしないし、その後の誤解、混同も激しいから、私には誰だかまったくわからないけれど、波止場神社の場合、要するに讃岐の金刀比羅宮にあやかって、八幡神、お稲荷、天神、宗像三神、住吉三神、大黒、恵比寿といった、ありとあらゆる海に縁ある商売繁盛の神様たちを呼んできたらしい。事実、近所の人々は、ここを最近まで金毘羅さんと呼んでいたようだ。こんな神々が、この狭い境内にひしめき合っている。境内には別府築港の石碑も立っていて、東西一〇〇間、南北八〇間の防波堤を築き、明治六年には汽船「益丸」が就航したと書いてある。

そもそも別府には、瀬戸内各地から湯治舟というのが集まってきていた。持ち舟に寝泊まりして、浜脇や別府の温泉に通う湯治のやり方で、戦後しばらくまで続いたようだ。春には一〇〇艘近くの舟が係留され、湯治舟は別府の春の風物詩として、俳句の季語にもなったという。これは家船《えぶね》という連中で、一群の漂流漁民だ。いかにも瀬戸内だと思う。この前訪ねた、松山、三津浜のことを思い出す。

港が人を引き寄せていく。港は入り口であり出口であり、港と港は航路で結ばれる。海はその航路を支える媒体、メディアなのだ。

港を開くこと。そして航路をつくること。

一〇〇〇トン級のドイツ製客船「紅丸」が別府―大阪航路に就航すると、次第に別府は日本を代表する温泉都市に発展していく。港からまっすぐ西に伸びる流川通りは不夜城と呼ばれた。いや日本だけではない。大正一五年から昭和一二年まで、アメリカ、イギリスなど各国の観光客を乗せた世界周遊観光船が、年に一隻か二隻は別府に寄港しており、別府は「東洋のナポリ」と称されるまでになっていった。

そして「瀬戸内海の女王」と呼ばれた「くれない丸」はじめ六隻のクルーズ客船が就航すると、別府航路、つまり瀬戸内航路は阪神と九州を結ぶ観光路線として、あまたの新婚旅行客を運びはじめる。

しかしそののち、港は北の別府観光港に移り、水面は埋め立てられ、「ゆめタウン別府」

という名の商業施設に変わっていく。波止場神社が見た夢は、「夢の街」で終わっていったというわけか……。

こうしてここに立つと、サルキスのことを思い出す。一九三八年にイスタンブールで生まれたサルキスは、私が最も敬愛するアーティストのひとりで、二〇〇九年の『混浴温泉世界』にも参加してくれた。あのとき彼は別府を歩き、波止場神社に立ち寄ると、ここで作品をつくろうと言い出した。

拝殿に八×八、六四個の陶器の器を置いて水を張る。そして七人の若いエンジェルたち（サルキスは自分を手伝ってくれる人々をエンジェルと呼んだ）とともに、黄色の水彩絵の具を器の水に溶かし入れた。それは、時が経ち、刻々と水分が蒸発し、最後には純粋な色だけが残るという作品だった。

作品を設置したあと、サルキスは私を呼んだ。

「ここだ。ここに来てくれ」

そして、拝殿の作品越しの眺めを見るように促した。実はこの辺りはソープランド街で、波止場神社の目の前にも店が並んでいる。サルキスはそのうちの一軒のどぎついネオンの店名を指差す。そこには

***non non***

とあった。

「いいか、カタログで私の作品に触れるとき、きみはこの眺めについて、ちゃんと書かなければいけない。私は別府がとても好きになったけれど、この眺めが、今の別府を端的に表している」

「ノン　ノン」とは女のじらしのテクニック、「いやよ、いやよ」ということだろうが、この風景の文脈のなかでは、波止場神社を拒絶しているようにも見えてくる。それはこの神社に対する、現在の別府の心象風景でもあるように思えた。

そうだ、これがアーティストの役割かもしれない。一通りの説明はしたものの、サルキスはこの神社の由来、そしてこの街の歴史を詳しく知るわけではない。しかし彼は、心でこの場所を見抜き、ここに作品を置こうとする。別に風俗店を非難しているわけではない。ソープ街に苦言を呈するわけでもない。そうではなくて、この眺めに、さりげなく、今の別府の姿を重ねるのだ。私はあのとき、波止場神社の神様たちが、いかに孤独であったかを思い知った。

ゆっくりと駅前通りに向かって歩き出す。トキハ百貨店の前からバスに乗り、久しぶりに鉄輪に行ってみようと考えたのだ。そしてバス停を見れば、まさに鉄輪行きのバスが止まっている。慌てて駅前通りを突っ切って走るのだが、息を切らせてバス停につけば、ちょうどバスは走り出す。

## 去っていくバスと女は追いかけるな。

映画『春の日は過ぎゆく』のなかでの祖母の忠告

まったく、別府のバスは不可解だ。次から次へと、ものすごい数のバスが走り回っているが、旅行者の私には、それがどこをどのように走るバスなのか、皆目見当がつかない。バスの表示に目をやって、最終到着地がどこなのか、確認するのがやっとのことだ。しかも一本乗り損なえば、あんなにも走っていたバスは嘘のように姿を消し、待てど暮らせど、次のバスは現れない。仕方がないから、トキハの裏から海門寺に歩く。

宝生山海門寺。今は海から離れ、市街に埋もれてはいるものの、この曹洞宗の禅寺は、名前の通り、海辺の寺であったのだろう。いや、それどころではない。その由来記によれば、もともとは別府湾に浮かんだ久光島にあり、久光山海門寺と呼ばれていたのだが、慶長の大地震で久光島は、もうひとつの島、瓜生島《うりゅうじま》とともに海中に没してしまったというのである。本尊の毘沙門天のお地蔵が、今の的ヶ浜の松林に漂着し、それを安置してこの海門寺ができたそうだ。別府に来てから何度となく、地震で島が沈んだらしいという話は聞かされていて、ほんとうにそんなアトランティスばりの話があったんだろうかと半信半疑ではあるのだが、とにかく地震や津波は歴史的な事実である。

海門寺に隣り合って海門寺公園があり、駅前通りを一歩入っただけなのに、この辺りには日常の落ち着いた静けさが漂っている。以前は海門寺温泉のぼろぼろの共同浴場に並んで、これもまたぼろぼろの日本棋院別府会館があった。その外ではよく、将棋を指す人やそれを周りで眺める人を見かけたものだ。ときどき太極拳をする一群の男女も現れて、なにか昔の北京を思い出した。海門寺温泉でひと風呂浴びて、ベンチに座り、そんな風景のなかで時間をつぶす昼下がりがたまらなく好きだった。しかし今は海門寺温泉は建て替えられ、日本棋院別府会館も壊されて、外で将棋を指す人の姿もない。

新しくなった海門寺温泉に入ってみる。新築で快適だし、今度はぬる湯の浴槽もできたけれど、すっきりと熱いお湯は昔と変わりない。

お湯から上がって身体を拭いていると、扇風機の前に陣取った男と目が合った。歳は私と同じくらいか。腹が出て、ぷよぷよとふくれた身体つき。胸には大きな膏薬を貼っている。やたらと咳き込みながら、横の常連に早口で、別府のありとあらゆる病院の悪態をまくしたてていたが、視線とともに彼の関心も私に移ったようだ。人懐っこい口調で話しかけてくる。

「身体がぼろぼろや。あんた、元気そうやけん、いいのう。知っちょんかえ？　血圧が二〇〇。それで糖尿やけん、一日一六〇〇カロリーで、心肺もいかれちょんけん、水は一〇〇〇ccっちゃ。糖尿で右足親指は切断したけんの。ニトロとインシュリンなしでは生きれん」

深刻な病状を語るわりにはやたらとにこやかで、新しい話し相手を見つけた喜びに上機嫌だ。こちらがちゃんと相づちを返したのがまずかったのか、話は終わらなくなる。

「今の政治家は、どいつもこいつもなっちょらん。しかし、身体はきついなあ。あんた、奥さん大事にせんといけんで。杵築《きつき》に女がおっちょってな、堕ろせっち言ったに子どもができて、そん子ももう二五や。泣く泣くわかれて、会うこともできん。でも、今のは気がついいんやけど、しんけん尽くしてくれよん。カロリー計算っちよだきいになあ、感謝しちょん。でも女はみんな同じやのう。もっといいのが出てくるっち思って捨てたらいけん。けど、日本はアジアの国に悪かったたっち、しんけんに謝ったらいいにのう。こんままやったら尖閣も竹島も取られるで。息子は警察におっちょん、県じゃねえで、九州管区やけん、忙しくて帰れん。福島に行って、帰って来たら日出《ひじ》の事件やろ、今の若いしは政治に目も向けんで、くだらんテレビんじょう見ちょん。不満をなあ、変な方に爆発させて、人殺したり、他人のせいにしたらいいけん。韓国でも中国でも若いしが政治を変えようとしよん。アラブでもツイッター革命っち。こんまんまで日本はどげえなるんかえ。別府はもうおしまいや。観光客も来ん」

この男との話は楽しい。たしかに楽しいのだが、すこし疲れてきた。私は何度か脱衣かごの下着に目をやるが、その都度、男は鋭く察知して、話はカエル跳びのように、途切れることなく続いていく。私に下着をはかさせたら、そこで会話が終わるとでも思っているようだ。

すでに素っ裸のまま、ふたりは二〇分は話している。ちょうどそのとき、若い男が風呂から上がってきて、運良く男と目を合わせる。私は素早く下着に手を伸ばし、やっとのことで身につけた。

「いやあ、お話しできて楽しかったよ」

「気をつけてな。週にいっぺん、ここに来るのが唯一の愉しみやな。また会おうな」

そう言うと、男は若い男に現代若者論を語りはじめた。

別府タワーが見える。高さは九〇メートルで、周囲には大型のホテルや商業施設も建っているから、すでに街のどこからでも見える存在ではない。しかし海からの別府を知る人、とくに夜、海に浮かぶ光の街と、その中央に建つこの塔を見たことがある人なら、それこそが記憶のなかの別府ではないだろうか。

内藤多仲が設計した六本の高層タワーの三本目にあたり、完成は一九五七年。東京タワー完成の一年前であり、高度経済成長時代の別府を代表するランドマークだった。今はある種の夢のあと、哀愁を帯びさえするが、半世紀以上もこの街を見守ってきたその存在は、簡単に無視できるような代物ではない。この街に生まれたわけではない私でさえ、別府タワーが見えると、この街に帰ってきたのだと心が騒ぐ。

二〇〇円を払って展望台に昇ってみる。

夕暮れの別府は美しい。北浜の繁華街はこの時間から目を覚まし、小走りに動き出している。家の灯火や店のネオンがぽつぽつと灯りだし、街は急いで夜の装いに着替えはじめているようだ。

しかし遠く、山手の方に目をやると、突然、なぜか、失われたものたちへの想いにかられた。

あれはまだ、別府に来たてのころだった。もっと山手の方にビーコンプラザという磯崎新設計の巨大なコンベンションセンターがあり、そのタワーに昇ったことがある。私は別府の市街を、はじめて鳥の目で見た。そのとき、隣にいた「混浴温泉世界」プロデューサーの山出淳也《やまいで》が中山別荘の話をはじめ、それがいかに広大な、すばらしい別荘建築であるかを力説してくれた。そして彼は得意そうに、ほらあそこと指を指し、そのまま凍りついた。

「ない。なくなっちょん」

敷地はすぐにわかったが、中山別荘そのものはすでに取り壊されていた。今はどうなったのか、訪ねることもないけれど、跡地は複合の商業施設になったようだ。そういえば、あのころは楠港の大型のショッピングセンターもなかったなあと思い出し、私は浜の方に建つゆめタウンに目を転じる。

景色が変わることなど、そんなにたいしたことではないと思う人も多いだろうが、ほんとうにそうなのだろうか?

私の祖母は木場の育ちで、当時は郊外に住んでいたが、年に一度か二度、少女のころの彼女の思い出が濃縮する上野や浅草に、孫の私を連れ出した。そんなとき、彼女は決まって和服で出かけた。

そんな祖母が、日本橋に行きたいからついて来てくれと私に言う。東京オリンピックが終わって、数ヶ月が経ったころだった。もう細かなことはすべて忘れてしまったが、ただ立ち尽くし、日本橋を無言で見つめていた祖母のうしろ姿だけは、今も鮮明に覚えている。橋の上には、真新しい首都高速道路が走っていた。いったいどれだけの時間、祖母がそうしていたのか、一分も経たなかったような気もするし、一〇分もそうしていたような気もするが、とにかく彼女は振り向くと、私の目を見つめてこう言った。

「ありがとう。もういいよ。さあ、帰ろう」


もういいよ。その言葉に、私は彼女の哀しみの深さを感じた。

開発自体が悪いことだとは思わない。しかし風景の激変は、ときに暴力となる。人の心と風景は相互に作用しあって深く結びつき、切っても切れず、一体となっている場合もある。

あるときは風景を傷つけることが、誰かの心を傷つけることにもなることを、私たちは覚えておく必要があるだろう。

バブル経済下の東京で、爆撃にでもあったような広大な更地を前にして、リドリー・スコットの映画、『ブレードランナー』のことを思ったことがある。あの映画には、遺伝子工学が生み出した未来のアンドロイド、レプリカントたちの哀しみが見事に描かれていた。

自分が人間であるという証拠に、少女時代の思い出にしがみつくレプリカントが出てくるが、その彼女の記憶は、アイデンティティ・クライシスを避けるために、設計者が移植した模造の記憶だった。記憶の更地化と移植された模造記憶。私はあの時代の都市開発の現場に、そんなレプリカントの運命を思った。

自分が暮らす街角が、突然更地になる。そしてここはイタリア、ここはスペイン、ここはレトロでここはモダンと、自分たちの生とも思い出ともなんの関係もない、つまりはなんの必然性もない模造の風景が、そして模造の記憶が移植されていく。記憶喪失都市の、模造記憶の風景だ。

フリーマン・ダイソンは自伝『宇宙をかき乱すべきか』のなかで、ミュンスターのある少女から彼に届いた長文の手紙について語っていた。その手紙は、こんなイェーツの詩の引用で終わっていたという。

**私はあなたの足もとに、衣装を広げたい。**
**だが私は貧しくて、夢だけしかもっていません。**
**私はあなたの足もとに　私の夢を広げました。**
**そっと踏んでくださいね、私の夢を踏むのですから。**

誰しもが人の夢を踏まないわけにはいかない。それが生きるということだ。しかしならば、そっと踏まねばならないのだ。他人の夢を踏むのだから。私たちは果たして、夢をそっと踏むレッスンをしてきたのだろうか？

しかし今、事態はさらに変わりつつある。別府の駅前に広大な空き地があり、ずいぶん前から高層のマンションが建設されると聞いていたが、いまだ空き地のままになっている。そして、街中に広がりはじめた小さな穴。以前は何かをつくるために更地にされたが、新しい何かがつくられるわけでもなく、ただ小さな更地が虫食いのように、街中に広がりはじめている。老朽化が進み、自然に崩れていくように、ひとつ、またひとつ、建物が消えていく。

別府にはまだ、聴潮閣や旧冨士屋旅館などの美しい木造の建物が数多くあり、その多くは、そこに関わる個人たちの、頭が下がるような努力によってなんとか残されている。しかし老朽化の現実を前にして、どれもがそのように維持できるわけではない。

あれからいくつの建物が姿を消したことだろう。

ポール・オースターに『最後の物たちの国で』という小説がある。行方不明になった新聞記者の兄を捜すために、アンナ・ブルームはある国に入る。しかしその国は不安定で、すべてが消えていく世界だった。この本は、アンナが届く当てもなく書き続ける手紙の形式を取っている。

その書き出しはこんなふうだ。

**これらは最後の物たちです、と彼女は書いていた。一つまた一つとそれらは消えていき、二度と戻ってきません。私が見た物たち、いまはない物たちのことを、あなたに伝えることはできます。でももうその時間もなさそうです。何もかもがあまりに速く起こっていて、とてもついて行けないのです。**

これは悪夢だが、現在を描写した寓話でもある。

オースターはあるインタビューで、次のように語っていた。

「これは現在と、ごく最近の過去についての小説だ。未来についてじゃない。『アンナ・ブルーム、二十世紀を歩く』―この本に取り組みながら、僕はずっとこのフレーズを頭のなかに持ち歩いていた」

私もときどき別府を歩くとき、このフレーズを思い出すことがある。この前来たときにはたしかにあった街角が、今はない。虫食いのように、静かに「穴」が、ひとつまたひとつと街に広がっていく。しかも悲しいことに、その穴が以前は何であったのか、どうしても思い出せない私がいる。

模造の記憶を移植することさえ放棄され、街は忘却の中に消えようとしている。

それを食い止めることなど、アンナ同様、私には無理かもしれない。しかしそれでも、私はなんとかしなければと思いながら、今日もせかされるように街を歩くのだ。

われに返って、北浜の路地を見下ろす。恐ろしい速度ですべてが消えていくのではないかという、めまいのような恐怖を覚える一方で、いやこの街はそんなにやわではないだろうと、不思議な確信も私のなかにある。それは雑草のような強さである。

上から見れば、ブルーシートのかけられた瓦屋根が目立つ。大雨の時の雨漏りに、応急の処置としてかけられたものだろうが、雨がやんでもそのままにされている。雨がやむまでの、とりあえずの応急処置のはずだったものが、やんでしまえば、次の大雨まで、たしかに深刻な事態になることはない。であるならば、次の大雨までブルーシートのままにして、なんの不都合があるだろう。次の大雨は来ないかもしれないのだし……。

このとりあえずという考え方は、好きか嫌いかは別として、強力な姿勢と考えても良い。別府で多用されているトタンの壁も、同様の姿勢の表れであるように思う。われわれはかなりしたたかだなと、別府のブルーシートやトタンを見ながら私は習う。

応急処置の連続でことが乗り切れるほど、状況は甘くはないが、しかしそれでも、これまでのように、なんでもかんでも更地にしてしまうやり方は、もう立ち行かなくなるはずだ。

私たちは、ありものを丁寧に使い回し、組み替え、転用するやり方も覚えていかねばならないだろう。

すべてを更地にして一からつくり直すのではなく、今使っているものを改修し、何かを付け加えて変容させ、転用し、更新する。つまり過去に未来を接ぎ木する方法を、われわれは覚えねばならないのだ。しかし考えてみれば、これは生きものの世界のやり方に他ならない。私はそれをポストホックのデザインと考える。あとからなにかを付け加え、役割を変えていくのである。

神経生理学者のポール・マクリーンは「三位一体の脳」という考えを述べている。これはわれわれのような哺乳類や人間の脳は、それぞれ異なった時代に生まれた性質も異なる三つの部分を持つが、それらが密接に結びつき、通常は協調して、ひとつのものとして活動していることを示している。ここで言う三つの脳とは「R複合体」、「大脳辺縁系」、「新皮質」で、それぞれが成立した進化の段階に応じて「爬虫類脳」、「古代哺乳類脳」、「新哺乳類脳」とも呼ばれている。そしてこの三つの脳が層を成し、図式的に見れば、爬虫類脳の上に古代哺乳類脳が、古代哺乳類脳の上に新哺乳類脳がかぶさっている。

爬虫類脳はおよそ二億五〇〇〇万年から二億八〇〇〇万年前に形成されたもので、当時かなり豊富になっていたさまざまな行動パターン、たとえばなわばり行動や挨拶、求愛儀式、定例の渡りや貯蔵といったさまざまな行動パターンの調整役として現れたものだ。その上にかぶさる古代哺乳類脳は、おそらく最古の哺乳類からはじまっており、およそ一億六五〇〇万年前には生まれていたと考えられている。

ここで極めて重要なのは、この三つの脳がそれぞれ、化学的にも構造的にも異なっていて、独自の知性、主観、時空感覚、記憶、運動機能をはじめとする諸活動を行っているということだ。つまり言ってみれば、これら三つの脳はある程度の自治を主張して、いまだにそれぞれの生を生きている。

爬虫類の精神状態は、遺伝子と脳が指令するどんな行動にも、真面目に鈍重に従っていくものらしい。それに対して辺縁系は激しい情動と結びついているようだ。どこで読んだか忘れたが、三位一体の脳を感覚的に理解するには、酒に酔ったときのことを思い出せばいいという。新哺乳類脳の大部分を形成する新皮質が麻痺してくると、その下の大脳辺縁系が活性化して暴走し、泣いたり笑ったり怒ったり、にぎやかになる。しかし大脳辺縁系まで麻痺してくると、さらに下層の爬虫類の心が支配的になってくる。たしかに爬虫類の目をした酔っぱらいも、たまに見かけることがある。あまり単純化するのもいけないが、これは日常的な例としてわかりやすい。

三位一体の脳の構造でもわかるように、私たちのデザインは付け足しによって展開してきた。使いながら変えていくわけだから、今使っているものをご破算にして、ゼロからデザインし直すことなどできない相談なのである。

もちろん、新しいものが加われば、古いものの役割は変質していく。ほんとうに必要のないものであれば、だんだんに役割は縮小し、最後には消えていくだろう。ただ古いものをそのまま保存すればいいというわけではなく、あくまで新たな体制のなかで役割が再構築され、消えていくものは消えていく。しかし、その速度は問題だ。現代社会では速さイコールスマートだが、われわれの心はあまりにも急速な変化の速度についていけるのだろうか？

古いものがまだら模様に残ってしまうことは、たしかにスタイリッシュとは言いがたく、ある種の美意識からすれば、恥ずかしいもの、汚らしいもの、苦々しいものにも映るだろう。それに、多様なものが同時に存在するという点で、面倒くさいことも事実である。多様さは、同時に、調整や軋轢やせめぎ合いも生む。単一化、一様化への欲求は、面倒をなくしたい一心でもあるように思えるのだ。

しかし、生き物の世界に生きるということは、そもそもこの面倒を丁寧に引き受けることではないのだろうか？　私は面倒もまた、この世界の彩りをより豊かにしているのではないかと思う。

**われわれは、爬虫類と哺乳類の両方の子孫である。昼はR複合体を抑圧し、夜は夢で**

竜をそそのかして、おのおのが爬虫類と哺乳類の何億年も前の戦争を再現しているのかもしれない

カール・セーガン『エデンの恐竜』

私のなかに住む爬虫類と哺乳類が、いまだに昼夜で争っていると思うと不思議な気分になる。昼の家と夜の家だ。

街に下りて、私はあらためて振り返り、別府タワーを見上げる。闇がタワーにまとわりつき、アサヒビールという文字の広告ネオンが赤々と光っていた。

4

私たちは荷物をたずさえ、湯気の立つ町の方へと下りていった。湯本のそばを通ると、空に向かってそそり立つ掘削パイプからゴーゴーと音を立てながら蒸気が吹き出していた。余った湯が町中の排水路から流れ、もくもくと湯気を立てている。街全体に卵の黄身のような匂いがした。湯気の中を浴衣と丹前を羽織った老夫婦が下駄の音を立てながら歩いていた。

藤原新也『鉄輪』

鉄輪《かんなわ》、冨士屋Gallery一也百《はなやもも》。明治三二年に冨士屋旅館新館として建てられた木造二階の落ち着いた建物で、当時は米屋《こめや》、日名子旅館と並んで、別府の三大旅館と称されたところだ。炭坑王伊藤伝右衛門や麻生太吉、あるいは高浜虚子や鹿児島寿蔵ら、多くの経済人、文人たちにも愛された宿として知られている。平成八年に旅館を廃業し、老朽化から一時は取り壊す予定もあったが、安波治子の決心もあり、民家再生の専門家、降幡廣信の力を借りて工事を行い、安波家の住居およびギャラリーとして再生された。治子たちは住みながら建物を活用保存するという道を選んだわけだ。

明治からの意匠が色濃く残るのは、旅館に使われていた和室部分、とくに二階の和室がそうだ。屋久杉の天井、黒檀の床柱、違い棚の室内は凛とした静けさで、昔はここから別府湾が一望できたという。縁側の手すりや欄間の透かし彫りはシンプルで、どことなくかわいらしい。

冨士屋の庭には樹齢二〇〇余年のウスギモクセイがあり、毎年一〇月初旬には花を咲かせる。今はほとんど散ってしまったが、それでもすこしは残っている。

人形作家でありアララギ派の歌人としても知られた鹿児島寿蔵は、昭和九年の秋、持病の坐骨神経痛治療のため、冨士屋に一ヶ月あまり宿泊したことがあった。三〇代半ばのことだ。

**木犀のかをりききつつすがすがと**
**此處に落着きてをるも暫しか**

そして四〇年あまりの歳月が過ぎ、再び冨士屋を訪ねた寿蔵はウスギモクセイと再会し、次のような句を詠む。

**四十余年見ざりし宿の銀木犀**
**けなげにくろく繁りて立てり**

この句はいいなあ……。人間と樹木の関係を、深く考えさせる。私もまねをして、ウスギモクセイの前に立ってみる。自らの人生の黄昏に、寿蔵がこの老木と再会したときから、再び四〇年ほどの時が経つわけだが、ウスギモクセイは変わりなく、けなげにくろく繁っている。何本もの幹が絡み合い、驚くほどの気力に満ちて、空に向かって伸びている。丁寧に剪定された樹幹は、まるで巨大な緑のマッシュルームだ。ウスギモクセイには雌雄の株があって、冨士屋のこの樹はオスだという。ところどころに残る花は淡い黄色、というかクリーム色で、なりふり構わず鼻を押し込めば、品のいい甘さが鼻腔を満たす。

しかし、ウスギモクセイに限らず、冨士屋の庭に育つ木々や草花はみんなすばらしい。ウメもキンモクセイもヒイラギもツバキも、ソヨゴもヤマボウシもアラカシもヤマモミジも、すべてがのびのびとうれしそうにしている。そして見事なまでの大きなサツキ。これは五月に花を咲かせ、冨士屋の庭の一角を濃いピンク一色に染めてしまう。

久しぶりに、安波治子と再会する。彼女はいつまでも初々しさを失わない聡明な女性だ。その立ち居振る舞いは、主人が花に近づいたのか、花が主人に近づいたのか、今嗅いだウスギモクセイの上品な香りを思わせる。

まず風呂でも浴びてこいと彼女が言うから、部屋に荷物を置き、歩いてすぐの蒸し湯に行く。はじめて鉄輪に来たころは、まだ古くて狭い、石の穴蔵のような蒸し湯があったけれど、今は取り壊され、蒸し湯跡の石組みが残るだけだ。そのかわり、元の場所の真向かいに新しく広々とした蒸し湯が建てられて、ゆったりと利用することができるようになった。

鉄輪の蒸し湯は鎌倉時代、一遍上人が施浴を行う施設として渋の湯や熱の湯とともにつくったものと言われ、歴史は古い。

服を脱ぎ、横の普通の温泉で身体を洗い、浴衣を着て蒸し湯に入る。温泉で熱せられた床の上には、清流沿いにしか群生しない石菖という薬草が敷き詰められ、そこに横たわっておよそ一〇分、ひたすら蒸される。浴衣を通せばなんとか耐えられるが、たっぷり水気を含んだ石菖に直接手を当てれば、恐ろしいほどの熱さだ。サウナに似ているようにも思えるが、蒸し湯の目的は発汗ではなく、この石菖から出る芳香成分を、皮膚や呼吸器を通して体内に取り込むことなのだろう。

時間が来て外に出て、身体にまとわりついた石菖を払い、浴衣を脱ぎ捨てて湯につかる。そして外のテラスに出てみれば、ひんやりとした風のなか、空は夕焼け色に変わりつつある。

鉄輪もネコが多い。冬、温かな地面は、彼らには最高の贅沢だろう。冨士屋の前の別府石の石畳の上にハチワレのネコがいて、生真面目に正座して、私の顔をじっと見つめている。

あれっ、クロノじゃないか？

いや、クロノなわけはない。彼女は三〇年前に死んでいる。しかし、こいつはクロノだと思う。クロノと呼ぶと、そのネコはニャアと応える。

クロノと出会ったのは彼女の死よりも五年前。彼女は私たち夫婦が引っ越した安アパートの近所に住まう野良ネコだった。鼻面と口元が白い黒ネコで、四本の脚の先っちょも、白いソックスをはいたように白かった。だんだんなついて我が家に立ち寄ることも多くなり、そのうちれっきとした飼い猫になってしまった。

そうなると名前をつけようということになり、ちょうどそのころ、カート・ヴォネガット・ジュニアの『タイタンの妖女』というSFを読んでいて、そこに「クロノ・シンクラスティック・インファンディブラム」、時間等曲率漏斗というのが出てきたから、あまり考えるのも面倒だし、黒ネコだから名前はこれでいいだろうということになった。「クロノ・シンクラスティック・インファンディブラム」は立派な名前だ。しかしあまりに長くて呼びにくいから、私たちは彼女を愛称で、クロノと呼ぶようになっていった。

「タイタンの妖女」は一九五九年のヴォネガットの作品で、皮肉な運命に翻弄される主人公、マラカイ・コンスタントの物語だ。

人類は宇宙進出を企てるが、そのとき時間等曲率漏斗という特異領域が発見されて、地球政府は宇宙探査をすべて断念せざるを得なくなる。しかし名門の出であるウインストン・ナイルス・ラムファードは、持ち前のかっこよさと男気から、マスティフ犬の愛犬カザックとともに自家用宇宙船に乗り込んで火星に向かい、地球と火星の間にある時間等曲率漏斗に飛び込んでしまう。それでラムファードとカザックがどうなったかといえば、彼らは太陽内部に起点を持ち、終点はペテルギウス星となる、歪んだ漏斗状領域の内部で、脈動を続ける波動現象になってしまった。彼らは漏斗状領域内のあまねくところに存在し、地球の軌道と漏斗が交われば地球の上に、タイタンの軌道と漏斗が交わればタイタンの上に、かりそめに実体化することになる。

クロノが我が家で食事をするようになってから、半年が過ぎたころだった。床の上に、クロノの髭が落ちている。髭はまた一本、次の日も床に落ちていた。彼女を抱き上げ、顔を覗くと、抜けた髭のあとから、新しい小さな髭が生えはじめていた。そうか、クロノの髭は生え変わる。

しかし、そのとき、ふっとある考えに取り憑かれる。クロノはえらく偏食で、当時はラルストン・ピュリナ・カンパニーの「キャットチャウ　ミックス味　魚・肉・ミルク風味」というキャットフードばかりを食べていた。しかし、ということは、この今生えかけている小さな髭は、「ピュリナキャットチャウ　ミックス味　魚・肉・ミルク風味」ではないのかと。

ああ、クロノは実体化を続けているのだ。「クロノ・シンクラスティック・インファンディブラム」とは、実に適切な名前だった。クロノの身体をつくっている物質は入れ替わり、変わり続ける。しかしクロノはクロノであり続け、だから彼女は、物質をかりそめに組織化して出現し続ける、ひとつの「出来事」であるように思えた。しかしクロノがそうであるのなら、私もそう、あなたもそう、みんながそう、すべては「もの」ではなく、「出来事」なのだと理解できた。

しかも重要なのは、「ピュリナキャットチャウ　ミックス味　魚・肉・ミルク風味」を水で捏ねて、猫のかたちにしてみても、それはクロノには成り得ない。つまりここにはクロノに成ろうとする意思がある。クロノはクロノに成り続け、私は私に成り続ける。このことが、化学者イリア・プリゴジンのいう「在ること」から「成ること」への視点の移行とうまく共鳴し、それ以来私は、世界を現象としてしか見ることができなくなってしまった。重要なのは「構造」ではない。世界は連鎖する出来事であり、生成を続ける総体であり、重要なのは「プロセス」だった。

冨士屋に戻ると、治子がマルケスの赤を買い込んでいて、一緒に飲もうよと言う。九大で農学を学んだからか、思考のモードがどこか分析的で、私のワインの好みなんかも、先刻分析済みのことなのだろう。夕暮れの鉄輪のゆったりとした時間が漂うように流れていく。オリーブをかじり、久しぶりのマルケスを口に運びながら、ふたりでそぞろ歩きのような会話をはじめる。


「蒸し湯、どうでした？」

「気持ち良かった。近くにあんなものがあって贅沢ですね。入り放題じゃない」

「いいえ、近くにあるから、ぜんぜん行かないんですよ」

と彼女は微笑む。

「ああ、そんなものかな……。お宅のお風呂だって、温泉なわけだしね。でも、ほとんど隣じゃない」

「そうね。今の蒸し湯があるところって、冨士屋の本家があったとこなの。ここはその新館として建てられたんですよ」

「そうなの? ひいおじいさまのときだよね」

「そうなるのかな……。旅館業を廃業すると決めたとき、たしかに全部壊してしまうという選択もあったのね。でも、どうしても決心できなかった。それで、改修して再生する方法をいろいろ調べて、降幡先生にお願いしたんです。大学出て、大阪で働いていたんだけど、帰ってきてね、こんなふうにギャラリーをはじめたわけ」

「よく、コンサートとか講演会をやってるよね」

「別に音楽のプロじゃないんですけどね。見よう見まねでやってるわ」

つまむものがなくなれば、彼女は席を立って、手際良くなにかをつくってきてくれるから、こうやって永遠に飲み続けているんじゃないかと思うような時が過ぎていく。

「そういえばこの前、陽光荘に泊まったとき、地獄蒸しの材料を探しに魚屋に行ったら、そこの親父にオキアミがうまいから買ってけって言われて。これがたしかに凄くうまかったんだ」

陽光荘というのは鉄輪にある貸間旅館の一軒だ。長期滞在の湯治客のために、温泉の噴気を利用した自炊用の蒸し釜があって、客は自分で調理ができる。一階、二階と連続して広がり、蒸し釜が二〇数台並んだ共同の調理場は壮観で、温泉成分が固着して、まるで鍾乳石のように変容した太い蒸気用パイプがそそり立ち、それぞれの窯はシューシューと音を立てて蒸気を吹き出す。蒸し時間が貼り出されていて、ほうれん草約二分、ゆで卵約一二分、お芋約二〇分、とうもろこし約三〇分、ご飯約六〇分などと書かれている。そしてこの調理場を囲むように、宿泊用の部屋が迷路のように広がっていて、そう、この蒸気の調理場こそが、宿の中心なのだ。温泉の噴気で蒸しあげる調理法を、地元では地獄蒸しと呼んでいる。

「オキアミ、おいしそう。でもね、なんでもかんでも一〇〇度近くの蒸気でがんがん蒸せばいいってもんじゃないんですよ」

彼女は謎めいた微笑みを浮かべると、最近研究に加わっている低温スチーミングの話をはじめる。低温スチーミングというのは蒸気エンジニアリングの専門家、平山一政が考え出した方法で、一〇〇度以下の低温で食材を蒸す調理法だ。言われてみれば当たり前のことだが、食材によって最適な蒸し温度、蒸し時間があるらしい。一般に蒸すという調理法は栄養の流出も少ないから優れているように思うけれど、ただ蒸せば良いというほど簡単な話ではないようだ。平山は調理における加熱ということの原点に立ち戻り、低温スチーミングの優位性に気づいた。一〇〇度以下の蒸気で蒸すと、食材の温度上昇が緩やかで、水分への栄養流出や酸化は抑制され、加熱法として優れていることを発見した。

しかし蒸気エンジニアリングって、ぶっ飛んでいて面白いな。最初、平山一政という人物についてマッドサイエンティスト的なイメージが浮かんだが、平山が別府生まれであると聞いたとたん、突然、理由もなく、深く納得がいった。そして、ウィリアム・ギブスンとブルース・スターリングが一九九〇年に発表したスチームパンクSF『ディファレンス・エンジン』

を思い出し、たしかにここにもうひとつの未来があっても不思議ではないと思いはじめる。

彼女は酸化のメカニズムや栄養分析の結果について詳しく解説をはじめ、さらに最近では五〇℃の湯で食材を洗浄するだけで、食材の保存性が向上し、野菜の生臭さが消え、肉や魚の表面についた酸化した油が落ちるという発見があって、食品加工や流通、医療の現場からも注目が集まっているのだと熱心に語っていく。今まで老舗旅館の若女将の顔つきだったのが、今はすっかり研究者の顔つきになって、この人は和服も白衣も、どちらもとても似合うんだろうなと、そんなことをぼんやりと思う。

しかしたしかに技術革新と言えば、私たちはいつもハイテックなイメージばかりを持ってしまうが、こうした衣食住に直結した科学、そして技術の革新は、もっともっと重視されてしかるべきだ。それは、私たちの身の丈により合った技術と言えるかもしれない。

「それで、今度はなにしに来たの」

「きみの顔を見に」

「ただの酔っぱらいね」


彼女はかわいらしい笑みで顔を崩し、こう付け加える。

「ここは飲み屋じゃないんですよ」

「ウスギモクセイが咲いてると思ったんだよ」


「ああ、ちょうどおととい、散っちゃった。よっぽど普段の行いが悪いんですね。でも、まだすこし残ってますよ」

「さっき鼻を突っ込んでみた。すごくほんのりとした、いい香りだった」

「朝がとくに香るのよ」

「やっと匂いを嗅げたんだし、なにかいいことがあればいいんだけど……」

「……ちょっと元気ないね」

「そうだな。きみだから言うけど、どうも最近、うまくない。なにやっても、ピンとこないんだ。追いつめられてるわけじゃないんだけど、いや、追いつめられているのかな、道に迷ってる感じだな。時間ばかりが過ぎてって、焦りも感じるのさ」

「ふーん。あなたにもスランプってことがあるのね。思いつめてもだめですよ。いや、思いつめてもいいんだけど、そのあと、力を抜かないと。すると、なにかが偶然見えてくる」

「セレンディピティか」

「なあに？ 難しい言葉ね」

「セレンディピティ。予期してなかったものを偶然うまく発見する能力とでもいうのかな？ ホレイス・ウォルポールという人が知人に当てた手紙のなかで使った造語らしい。『遍歴セレンディップの三人の王子』という寓話があって、そこから取ったみたい。科学の方では、偶然の発見ということと関連させて、けっこう使われていると思うよ」

「ライブラリー・エンジェルね。図書館に天使が舞い降りる」

「ああ、エンジェルの方がずっといいなあ。ずっといいよ。『セレンディップの三人の王子』も読んでみたんだけど、なんかピンとこないんだ。三人の王子は旅の途上でいつも意外な出来事と出会って、彼らが捜していたものとは違う、別のなにかを発見してしまう。たとえばウォルポールが手紙に紹介した話だけど、王子たちが道を歩いていると、おいしい右側の草はそのままなのに、左側のまずい草だけが食べられていて、ここから第一の王子は、すこし前を片目のロバが歩いていることを発見する。これぞセレンディピティとウォルポールは言うけれど、これってただの「推理」の能力じゃないのか？　わざわざ造語にまでする必要があるんだろうか？　ぼくはもっと、自分の力じゃどうにもならないことに興味があるんだよ。だからエンジェルの方がピンとくる」

「エンジェルが微笑むのよね」

「ぼくにはこんなことがあった。『精神とランドスケープ』という旅行記のシリーズを計画していたときのことだ。バックミンスター・フラーとライアル・ワトソンの二人が絶賛してたから、アニー・ディラードの『ティンカークリークのほとりで』という本を神保町の洋書屋に探しにいったんだ。で、その本は見つかったんだけど、となりの薄っぺらな本が光ってる。光ってるというと大げさだけど、なんていうか、文字通り目に飛び込んできた。手に取って冒頭の一文を読むと、「フランシスコ・マヌエル・ダ・シルヴァの一族はウィダに集まった」。これがおまじないになって、すごくいいじゃないかと思ったんだよ。理由はないんだ。裏表紙の紹介を読むと、この著者には処女作の『パタゴニア』という本があって、高い評価を得ていることも知った。それで、その本を注文したんだけど、これがブルース・チャトウィンという人との出会いだった。そして、はじめて彼の本を日本で出版することになる。英文学の研究者でもないのに、あんな天才を見つけてしまったわけさ。今でも、あのときは天使が舞い降りてきたんだと信じてる」

「たしかに、それは個人の才能とか努力とかとはちょっと違うかもしれないわね。天使の仕業かな。なにかを捜してるとき、天使がやってきて、こっちを見てごらんとささやいてくれるのよ」

「偶然と必然が踊るダンスみたいにも見える」

「偶然と必然って、相補い合っている。偶然と必然の相補性ね。あるいは、偶然が必然に変わり、必然が偶然に変わる。いや、偶然が必然を生み、必然が偶然を生むって考えるのがきれいかもしれない」

「うん、陰と陽だ。それが世界のダイナミズムを生み出していく」

「でもね、考えてみると、天使の力を一番借りたいときって、自分がなにかを捜してるのだけど、そもそものなにかがなんなのか、それがわからないときじゃないのかしら？ つまり、捜しものがなんなのか、問題がなんなのか、自分でもわからないときよね。そういうときは、天使の力を借りたいわ。自分じゃ、どうしようもないもの」

「そうなんだよ。まったくそう。そういう感覚に襲われるときって、きみにもあるの？」

「それはありますよ。捜しものがあるのはわかっているのに、それがなんなのかわからないときよね? そんなこと、しょっちゅう」

「そういうとき、きみはどうするの?」

「そうだなあ……。とりあえず、湯煙を無心で見てるかな? 子どものころからそうしてきたわ。湯煙って刻々と姿を変えていくでしょ? 湯煙に意味はないの。でも、だから鏡になってくれる。私の心の鏡になってくれる。鉄輪に聞いてみるんです。私、なにをすればいいのって」


「鉄輪に聞いてみる、か……」

ワインも二本目が空こうとしていたし、ふたりともすっかり酔いが回ってきて、会話はここで自然に途切れる。ちょうどそのとき、それを待っていたように、急に激しい夜の雨が降り出して、冷たい風が吹き込んでくる。

ふたりで、雨の音に聞き入った。

結局、遅くなったし、雨も激しいから、泊まっていってという治子の好意に甘えてしまい、昨日はギャラリーで一夜を過ごす。こんなことでもなければ昔の冨士屋旅館に泊まることなどできないから、昨夜の突然の雨にはとても感謝している。

その雨も、目が覚めるとやんでいた。引き戸を開ければ、朝の庭に溜まった空気が流れ込み、たしかに彼女が言うように、ウスギモクセイの香りが柔らかく漂ってくる。この鼻腔に感じるかすかな刺激だけで、気分もすがすがしい。見上げれば、尾の長い鳥が電線にとまっていて、そのシルエットが朝の光に浮かんでいた。

使っていいと言われていたから、冨士屋の風呂を使わせてもらう。すこし塩の味がする、とても優しいお湯で、ほんのりと鉄の香りも漂っている。湯船で身体を思い切り伸ばすと、どこかほかのところの風呂場からだろう、からんという洗い桶のぶつかる音が聞こえてきて、あらためてここは湯の町だなあと実感する。

以前から気になっていたので、歩いて大分県温泉花き研究指導センターに行ってみる。入り口近くにはサボテンやランのある展示温室があった。私は植物園が大好きで、どこを訪れようと、とくに温室があるなら、どうしても入らざるを得なくなる。あのむっとした空気感が好きなのだが、独特のねちっこい温室の匂いもたまらない。見学者などひとりもおらず、ただ職員がひとり、散水機で水を撒いている。

丘のように小高くなった斜面一帯は母樹等保存園になっていて、道を上りはじめるが、「まむし、むかで、毒虫等に注意」という注意書きが出されていて、多少ひるむ。照葉樹、とくにさまざまなツバキの母樹が保存されていて、その林の中をゆっくりと歩いていく。キンモクセイの前で立ち止まれば、英名はフラグラント・オリーブとあり、そうか、キンモクセイはオリーブなんだと新鮮に驚く。というか、オリーブがモクセイ科の常緑樹だというのが正しいのだろう。

なぜ、ここまで植物園が好きなのか。実は自分でもよくわからないが、とにかく植物にどうしようもなく惹かれてきた私がいる。ずいぶん昔のことだが、ハワイの「ボタニカル・ディメンションズ」という研究所のテレンス・マッケナと文通したとき、彼が二〇世紀後半の先導イメージはコンピュータだったけれど、二一世紀の先導イメージは植物になるべきだと書いてきて、深く共感したことを覚えている。テレンスは二一世紀を見ることなく、脳腫瘍で二〇〇〇年に亡くなってしまったが、カリフォルニア大学バークレー校で生態学と資源保護とシャーマニズムを専攻したあと、アジアと南米の熱帯地域を旅し、とくにアマゾンのシャーマニズムと民族医学の研究に力を入れてきた。たしかにサイケデリックドラッグやシャーマニズムに基本を置いたその考えは、多分に行っちゃっていたのだが、それでもこの先導イメージに関する意見には、私は今も同意する。

彼が弟のデニスと書いた初期の本のタイトルは『インヴィジブル・ランドスケープ』、つまり目には見えないランドスケープというものだった。

ふとわれに返り、なんでテレンスのことを思い出していたのかと、ちょっと照れくささを感じながら、ひとりで軽く微笑む。私はタイサンボクの前にいた。

植物は未来のイメージだ。しかし昨夜の治子の低温スチーミングも、地熱発電もそうかも知れない、私はこの鉄輪という古い町に、いくつもの未来のかけらが落ちているのを感じる。

温泉花き研究指導センターをあとにして、九州横断道路沿いを坊主地獄の方に歩いていく。信号の先で左に分かれる道があり、そちらに入って、英彦山《ひこさん》精《ほしい》不動院別府分院を過ぎてしばらくすると月見橋という春木川にかかった小さな橋があって、それを渡ると目指す建物はあった。原爆被爆者別府温泉療養研究所、通称原爆センター。鉄筋コンクリート造四階建ての、真に偉大な建物だ。

二〇一一年五月末に閉鎖されたが、一九六〇年二月の開設以来、延べ八〇万人以上の被爆者温泉療養を受け入れてきた。閉鎖の報を聞き、原爆センターは分け隔てなく、私たちを受け入れてくれましたと、広島の被爆者が思い出を語る姿をテレビニュースで見ていたが、言葉もない。私にとって原爆センターは、別府の寛容、許容を象徴するものだった。利用者の減少や建物の老朽化はわかるが、こうも唐突に閉鎖されてしまうことに深い哀しみを覚える。

建物の横からは、今も白い蒸気が抜けるような今日の青空に吹き出しているが、入り口のドアは固く閉ざされ、人影もない。敷地には別府原爆センター開設三〇周年を記念して建立された「健康と平和を祈念する碑」があり、あの八月の六日、広島市役所旧庁舎前にあった敷石が、この碑の材に使われているそうだ。あたりは静まりかえり、しばらくの間、建物の前にひとりたたずむ。

すこし先、小倉薬師堂の隣に丘の湯温泉という公共銭湯が見える。表の看板によると三〇〇年の歴史を持ち、泉質はナトリウム炭酸塩・硫酸塩・炭酸水素塩泉、特効は原爆症、神経痛、リュウマチ、ヤケド、婦人病とあった。一九五七年九月九日から二週間、当時の九州大学温泉治療学研究所所長八田秋、広島同愛会病院院長上村吉郎両博士の指導のもと、広島の原爆症患者、男九名、女一七名の計二六名が連浴、顕著な効果があって一躍有名になったと書かれている。そもそもこのあたり一帯は神丘と呼ばれ、効能の高い湯が出ることで知られていた。だからこそ小倉薬師堂が建てられ、薬師が祀られるようになったのだろう。

扉を開けて中に入れば、誰もいない。別府の共同浴場では当たり前だが、脱衣所と浴室の境はなく、無色透明の湯に満ちた木製の湯船がそのまま見える。いつも思うが、別府の風呂の、この開けっぴろげなおおらかさが、私は好きでたまらない。組合員以外は一〇〇円とあるので、ポケットから一〇〇円玉を取り出して脱衣所に置かれた料金箱に入れ、そのまま服を脱ぎはじめる。

かすかに硫黄の匂いがする。源泉はとても熱く、すこしつかっていただけで、汗が噴き出してくる。さっと上がり、身体を拭き、服を着て外に出れば、秋の乾いた風が顔に当たって、生き返るようにさわやかだ。この湯がどれほど多くの人の支えになったかと思うと、胸がいっぱいになってくる。

鶴見権現社のイチイガシの林に入る。ここは火男火売《ホノオホノメ》神社の里宮で、東山に中宮、鶴見岳山頂に奥宮がある。中宮は志高湖のさらに上だし、つまりは鶴見岳の全体が、別府温泉の総鎮守ということになるのだろう。火男火売とは不思議な名前だが、ほのめという音から考えれば、火男火女に違いない。祀られるのは火之加具土命《ホノカグツチノミコト》、火焼速女命《ヒヤキハヤメノミコト》の男女二神。男と女のペアに守られているというところが、いかにも別府らしい。社伝によれば宝亀二年、つまり七七一年の創祀とされる。

貞観九年（八六七年）一月二〇日うしろに鶴見岳が爆発する。貞観年間には富士山も噴火しており、あれは貞観六年だった。

なにも考えず、大鳥居を背にしてすこし海に向かって下っていくと、不意をつくように、立ち並ぶ人家のなかに小さな馬場があり、茶色い馬が顔を道に突きだしている。一瞬、そいつがニタニタと笑ったように思えたのだが、これは目の錯覚か。

鉄輪の蒸気は人を引き寄せ、出会わせようとする、なにかの意思を持っているのかもしれない。ハルとナツに出会ったのは、湯の川沿いの激しい湯煙のなかだったし、松田法子という若い都市史の研究者とはじめて言葉を交わしたのも、この谷の湯の前だった。

二〇〇九年の『混浴温泉世界』で、アデル・アブデスメッドは二〇〇七年のヴェネチア・ビエンナーレで話題を呼んだ「EXIT」という作品の別府ヴァージョンを発表した。非常口を示すEXITの文字のTをLに置き換えることで、追放や流浪、亡命を意味するフランス語、EXILの文字が現れる。一一枚のドローイングが用意され、その手書きの文字を、黄色のネオン管で忠実に再現した。そして彼と協議して、私はこの黄色いネオンを別府のさまざまな場所に設置していった。その一カ所が、鉄輪、谷の湯の入口の上の壁だった。谷の湯の入口は道からすこし下がっていて、半地下になっているから、道を歩いていても気づかない。ひっそりと、ちょうど隠れた誘惑のように、流浪あるいは亡命という黄色の標識が、静かに光を放っている。こうして、そのちっぽけな共同浴場の入口の扉は、もうひとつ別の世界へと通じる、秘密の扉に変わっていったのだ。

私は作品の解説ツアーを行い、観客たちを案内して鉄輪を回った。谷の湯の前に来て、私はアデルの作品の意図を伝える。そのとき、ひとりの女性が近づいてきて、私に声をかけた。

「昔から、温泉地にはいろんな人が逃げ込んできましたよね」

それが法子との最初の会話だった。

一〇〇円を払い、短い階段を降りて久しぶりに谷の湯の扉を開ける。扉を開ければ、すぐに脱衣所と風呂場だ。湯船を含め、すべてがコンクリートの打ちっぱなしで、ところどころ黒ずんでいる。湯船は一メートル五〇センチ×三メートルほどで、昔は男女混浴のひとつの湯船だったのだろう。今は、壁で仕切って男湯、女湯に分けているから、男湯の方にだけ、不動明王が旧源泉の上に立っていて、その前に賽銭箱が置かれている。湯はほとんど透明で、ほんのすこし緑がかかり、柔らかく、心地良い。

湯の川を覗き込みながら、昨夜の治子の言葉を思い出す。鉄輪に聞いてみる、か……。

**人はすべて、場所の精霊に尋ねるべし。**

アレクサンダー・ポープ

ポープは、バーリントン卿リチャード・ボイルに宛てた書簡のなかで、「場所の精霊」、the genius of the place という言葉を使ったが、これはラテン語のゲニウス・ロキ（genius loci）のことだ。loci とは locos、場所のことであり、genius は spirit、精神とか魂とか精霊と考えれば良い。もとはローマ神話に現れる場所を守護する精霊で、ヘビの姿で描かれることも多かった。ただ、一定の姿かたちをもつのではなく、その場に漂っている精気のようなものとされていて、現代的な用法に従えば「その場所の雰囲気」といった意味になるのだろう。

その場所特有の、言葉にならない独特の雰囲気。それは多くの人が実感することだし、他人を警戒させないために洗練された言葉を使うなら、たしかに「雰囲気」という言い回しが無難ではある。それはよくわかっているし、私も今までそうしてきた。

しかし、ここ別府を訪れるようになってから、なんと言えば良いのだろう、それでは物足りないのだ。場所の雰囲気というのでは、どうしても物足りない。それはより「霊気」に近いものに感じられ、私は今、あえて精霊という言葉を好んで使いはじめる。

それは長らく忘れていた感覚、いや忘れようとしてきた感覚でもあった。私のなかに流れる野性、よりアジアな、あるいはより太古な、そんな原初の回路が、今ここで、激しく刺激されている。この衝動の理由が、私にはわからない。わからないからこそ、私はこうして別府を彷徨うのだ。

しかし、場所の精霊に尋ねる方法はあるのか？

彼らの声に耳を傾ける方法はあるのか？

そして、もしも、場所の精霊たちが深い眠りに落ちていたとしたら、私たちが懸命に尋ねても、彼らはなにも答えない。そもそも、彼らを目覚めさせる方法はあるのか？


私は別府の場所の力を信じている。ここにはたしかになにかがある。しかしここまで力がある場所なのに、なぜか別府は眠らされているように思えてならなかった。現代社会に蔓延した効率化、均一化の呪文をかけられて、別府は深い眠りのなかにいる。そのうちにほんとうに大切なものがどんどん壊されていき、力の源泉のひとつであった海とのつながりも弱められて、別府は港性さえ失いかけている。

【術】11〔術〕11 ジュツ・スイ わざ・みち

白川静の『字統』によれば、術とは行と朮《じゅつ》。「行は十字路の形。十字路は街衢《がいく》といい、そこでは古代の重要な儀礼や呪儀《じゅぎ》が行われた。朮は呪霊をもつ獣の形。この朮を用いて道路で行う呪儀を術といい、行路の安全を祈る目的の呪儀であろう」

芸術だ。芸術かもしれない。

道の真ん中で、昨日のハチワレのネコが私をじっと見つめている。

## 5

わたしのパラダイスは街路。
あなたは裸のわたしを見つめ、
わたしの心はゆれ動く。

マルコム・マクラーレン『ラ・マン・パリジェンヌ』

ふくやのカウンター席でおでんを食べていると、突然私の背後、首の辺りから手が伸びて、目の前のおでん鍋から牛すじを一本、素手でつかみ取る。あわててうしろを振り向けば、いつ店に入ってきたのか、年配の女が表情も変えずに口を動かしている。通路は狭く、カウンターに人が座ればほとんどそれでいっぱいで、だからその女は私のうしろに立ったまま、無言で牛すじを食べている。そして食べ終わると、カウンターに串と一三〇円を置き、そのまま無言で立ち去った。カウンターのなかの女将さんも、カウンターに座る常連の客たちも、この女など存在しないかのように、まったく驚く様子もない。

しばらくして店を出ると、あの女が、この付近に立っている客引きのおばちゃんだったことに気づく。おばちゃんはいつもの場所に立っていた。

ふくやの裏の一角は中央市場と呼ばれている。その昔、市場があったこともあるということで、別に今、ここに市場があるわけではない。動物園があったという話も聞いたけれど、なにか不思議な気分になる。二本の通りに挟まれた、そう広くもない土地だ。いったい、どんな動物がいたのだろう。ゾウやクジャクがいたのなら、かなり幻想的ではなかったか？しかし、たぶんアヒルとかロバとか、そんな連中だったのだろう。大陸からの引揚者たちがつくった街区とも聞き、波板のトタンが目立つ、間口の狭い木造二階が密集し、狭い路地が広がっている。二〇〇九年の『混浴温泉世界』では、中央市場の、閉じられて久しい「エンゼル」というスナックで、インリン・オブ・ジョイトイが鮮烈な作品を発表していた。彼女と場所を探して、この路地を歩いた日のことを思い出す。私はここが好きだ。

私が別府に来て、否応もなくこの土地に取り憑かれていったのは、たぶんあの日からのことだ。冷たい、青空の一日で、私は芸術祭のスタッフに連れられて、別府の街を歩いていた。市立図書館あたりで、ちょっと面白いところがあるから覗いていきませんかと言われ、私はそのままついていく。羽衣通りを折れ、小路を奥に進むが、これは他人の庭じゃないか？家の前の陳列棚に所狭しと盆栽が置かれ、その先に羽衣温泉という共同浴場があった。それは組合員しか入れない組合温泉だったが、それよりもなによりも目を奪われたのはその盆栽たちで、私は思わずその場に立ち尽くしてしまった。

盆栽というのとはすこし違うかもしれない。自然の植物はほとんどない。岩と流木、人工芝、ビニール製の色とりどりの造花。ダルマがいるし、瀬戸物の白いマリアや自由の女神もいる。バイオリンを奏でる天使の足もとの洞窟からはコマドリが顔を出し、その隣でハクチョウが羽根を大きく広げている。お城もあれば馬もいて、人魚、バレリーナ、木彫りのクマ、五重塔、大仏、そんなありとあらゆるものたちが、当たり前だが、縮尺も無視して並んでいる。なんだ、これは。ユング派、ドーラ・カルフの箱庭療法か？　なかでも圧巻は、動物たちが一直線に並んで行進する巨大な岩の山肌だった。ゾウ、ライオン、ヒョウ、アシカ、アヒル、ペンギン、クマ、カエル、サイ、カバ、キリン、みんな並んで山頂を目指す。そして岩山の中腹ではビキニ姿の美女がしなをつくって彼らを待ち受け、麓の極彩色の花園では、ウォルト・ディズニーの白雪姫の、瀬戸物製の七人の小人たちが声援を送っている。パラダイス！　色鮮やかなユートピア！　想像力あふれる大ジオラマ！

そのうち、家のなかから制作者が現れる。彼は羽衣温泉の管理人で、入浴に来る組合員に楽しんでもらおうとつくっているうちに、ついにはこんな世界が出現したのだという。百円ショップに行っては、これはと思うものを買い集め、旅行に出かけては、床の間に置くような土産物を買ってくる。動物が行進する岩山は、別府にあるアフリカンサファリに触発された大作だった。

魔法にかけられる一瞬というものは、たしかにある。人に頼まれたわけでもなく、こんな世界を生み出し続ける人がここにいる。私はこのとき、別府に引きずりこまれた。結局、このとき、私は別府が魔術的な港町であることを直観した。しかも、不思議な感覚がつきまとう。彼が別府で箱庭をつくっているというよりも、別府が彼に箱庭をつくらせているように思えたのだ。

それ以来、別府に来るたびに、羽衣温泉を覗いてみる。今は秋の新作が展示されていて、最近はソーラーで動いたり音を出したりするものたちも加わりはじめた。しかしそれ以上に驚いたのは、この管理人の家の前の家、そこに住むより高齢の男性もまた、驚くべき表現者であったということだ。彼はひっそりと、集めてきた大型の松ぼっくりにさまざまな彩色を施していたが、羽衣温泉管理人に触発されたのか、今ではそれを家の窓に展示するようになり、プレゼンテーションはますます大胆になりつつある。

彼らは、路地裏に小さな世界をつくりだしている。彼らの魔法によってかりそめに出現した、小さく囲われたエデンである。

**世界は不思議に満ちている**
**されど、人以上の不思議はない**

ソフォクレス『アンティゴネ』のコロス

待ち合わせの亀の井ホテル一階のジョイフルに行くと、すでに藤田洋三は座っている。彼と会うのはいつもここだ。

アスペルガー症候群を自称する、この少年のような目をした初老の男は、間違いなく天才と言って良い。必ずしもそうと認められてはこなかったようだが、別府は彼を生んだことを誇りに思うべきだ。

そのあまりにも細部にいたる驚異的な記憶の大洪水、そして自由奔放な想像力の跳躍が彼の持ち味だが、しかしまさにそのために、人は洋三の速度についていけず、混乱する。ある一点をカメラの記憶で詳細に記述していたかと思うと、話は突然、予期せぬ地点に飛び火して、再び、私たちは次の一点の記述の渦に飲み込まれていく。彼の世界は変わらずそこに広がっているのだが、たいていの場合、人は道を見失う。

彼には、本編二九一ページ、資料編二〇八ページからなる限定一〇〇〇部の大著『地霊ゲニウス・ロキ　別府近代建築史』という一九九三年の編著があり、これを奇書と呼ぶのは申し訳ないが、とにかく度肝を抜く書物であることはたしかである。

別府観光産業経営研究会の二〇周年記念事業として、写真家、藤田洋三は、自らの身体を通して記憶し記録してきた別府の総体を、なにがなんでも一冊の書物にまとめようとしたのだろう、かなり強引につくりあげた痕跡も残るが、それも含めて、この本はまぎれもなく彼の宇宙だ。とくに、彼自身が自分の写真と文章でまとめた「別府ゲニウスロキ」や「占領下の別府」、「温泉建築グラフィティ」の部分はやはり圧巻で、この街の視覚的記憶を残す貴重な一冊となっている。

洋三はこの本のなかで、次のように書いていた。

**九州の玄関であり、国際観光都市である別府には、様々な文化圏からの刺激が入り混じり、別府近代建築史とも言える「ゲニウス・ロキ」地霊を創り上げた。〝別府〟という街の歴史の源流に眠る「ゲニウス・ロキ」地霊が目覚めた時、何が起こるのか、何が変わるのかは誰にもわからない。しかし、時代の流れが、別府のゲニウス・ロキを目覚めさせようとしている今、地霊の目覚めを見守り、知ることが、今の時代に生きる私達の使命なのかもしれない。**

「お借りしていた『ゲニウス・ロキ』、お返ししますね。しかし、ほんとうに凄い本でした」

「いやあ、ありがとうございます。ぼくは一八のときにカメラを買って、四〇のとき、あれをまとめました。子どものころから、軍人や女郎や市井の人たちから聞いてきた話を、あんなふうにまとめてみたのです。まったく無視されましたがね。馬鹿野郎ばかしです。生涯、続けますよ。今、あれの続きをつくっているんです。ちょっと見てやってください」

そう言うと洋三は、分厚いコピーの束をテーブルの上に出す。彼との話はいつもこんなふうにはじまり、たちまち旅がはじまるのだ。一枚をめくれば、そこに収まった写真の細部に没入し、次の一枚をめくれば、写真の背後に隠された、語られることのなかった物語に話が及ぶ。彼は大文字の歴史をあざ笑い、徹底的にわれわれ個人の、無数の小さな歴史を拾い上げる。はじめ、日本各地の漆喰レリーフ、つまり「こて絵」の記録者として評価を受けたが、今や日本各地のアノニマス建築の第一人者として、彼を慕う若い研究者も多い。

そのとき見せてくれたのは『海から見た別府』と仮のタイトルがついた分厚い写真集のプランだったが、これは『地霊　ゲニウス・ロキ　別府近代建築史』の下巻にあたるもので、このほかに中巻にあたる『1975〜』という写真集も用意しはじめたのだと彼は言う。一九七五年とは、彼が別府に戻ってきた年だ。

そして話は別府石や漆喰、わら塚、職人たちへの深い共感、桃山時代の織部焼きや軍艦島といった調子で、時間空間を駆け抜けて、終わることなく広がっていく。藤田洋三に教えてもらうこと、刺激を受けることは限りがないが、今日はひとまず、女郎は猫と表現され、だから女郎屋は猫屋であること、別府は筑豊の石炭マネーのあだ花であり、石炭、女郎、日本、アメリカ双方の軍人マネーに支えられて潤ってきたこと、石炭は酸化であり石灰、つまり漆喰は還元であること、世界は中和されねばならないことなどを習う。

ソルパセオ銀座のアーケードに出ようと、梅園通りを歩いていると、かどの井上電機センターのビルの、いつもは閉まっている扉が開いていて、初老の男がひとり、なにやらものを持ち出して、通りに並べている。そのまま通り過ぎようと思ったが、開いた扉から、地下に続く階段が見えている。木造二階の建物がすし詰めで軒を連ねるこの界隈で、地下があることと自体、驚きだった。だから思わず、男に声をかけてしまう。

「ここ、地下があるんですか」

「ああ、あるで。倉庫に使わせてもらっちょんのやけど、ちょっと片付けてっち言われたけん、荷物を運び出しよったんや」

「もし迷惑でなかったら、下を見せてもらえますかね?」

「そうやな。今、運び出したところやけん、これを片付けるまで、中見ちょってかまわんで。ああ、電気消したわ。先入って、すこし待っちょって」

「ありがとう」

明るい昼下がりの光のなか、開け放たれた扉から、闇に続く階段を地下に下りた。急な光の変化で、ほとんどなにも見えない。階段を踏み外さないように、一歩一歩、注意深く下に向かった。塩漬けにされた時間の、すこし埃っぽい匂いが鼻をくすぐる。

はじめはよくわからなかった。しかし目が慣れてくると、奥に続く一本の道があるように見えた。つまりこの細長いビルの地下を突っ切る一本の道があり、その両側に部屋のような空間が連なっているようだった。それはまるで小路のようで、今までいた昼の小路と相似形の、夜の小路が地下に広がっているようにも思えた。

男が下りてきて、奥に行って電気をつける。

そこに広がった光景は、まさにそう、小路そのものだった。壁には「上海」とか「メルシー」とか、ペンキで書かれた文字が残っていて、これは多分お店の名前、バーかなにかの名前だろう。ほとんどカウンターだけでいっぱいになる店が、奥の方まで道の両側に続いている。どの店も、店の扉はすでにないから、入り組んだ街区に迷い込んだような気持ちになる。

「これって、バーかなにかかな?」

「ここはな別府で最初の地下街やなあ。できたんは、昭和三〇年代のはじめころやった。それで、たしか五〇年代のはじめに閉められたじゃねえんかな」

「じゃあ、閉められたまんまで、こんな風にそのまま残っているわけね」

「そうやろうなあ。バーが五軒あったなあ。四〇年代はギャングの時代やけん、しんけん繁盛しちょったなあ」

ギャングの時代という言い方が面白く、自分がいつのどこにいるのか、時空の感覚が混乱してくる。裸電球の灯りでぼんやりと浮かび上がるそれぞれの店を見ていると、安っぽいドレスに身を包んだ半透明のママさんたちが、私を見てにっこりと微笑んでいる様子が目に浮かぶ。

「いらっしゃい。よう来たなぁ」


朝の九時過ぎ、不老泉に行く。ここの楕円の湯船は広々としていて気持ちが良く、私はたびたび利用している。

時間も時間なので、客はほとんどいない。脱衣所から見下ろせば、角刈りのごま塩髪の男がただひとり、湯船に浸かっているだけだ。私も下に降りて身体を洗い、すこし熱めの湯につかる。別府の湯は、観光客用にぬるくしたところ以外は、たいてい熱い。しかし最近では、この熱さでなくては物足りなくなった自分がいる。

不老泉の浴室は湯船と同じ楕円でカーブして、大きく外に張り出すようにつくられていて、窓も大きく、光にあふれ、天井も高いから、なにか温室のなかにいるような気分になる。

目をつぶって無言で湯につかっていた男が立ち上がり、洗い場に行ってしゃがみこみ、身体を洗いだす。たいてい別府では、みんな湯船の周りに陣取って、上がり湯も使わず、ばっさばっさと豪快に湯をかけるから、洗い場に向かう男は珍しかったが、それよりなにより目を奪われたのは、その背中に彫られた、あまりにも鮮やかな般若の入れ墨だった。般若は私の斜め上空を睨みつけている。しかも私の視線は湯船からのものだから、いやでも彼の股間にぶら下がる巨大な睾丸が目に入り、そのあまりの立派さに息を飲む。こんなにも立派な睾丸は見たことがない。

急に男は立ち上がり、再び湯船につかる。私は慌てて視線が合わないように九〇度の方向に目をやった。

しばらくつかると、男は勢い良く立ち上がり、湯船を出るとさっさっと身体を拭き、脱衣所に向かっていく。斜め上方を睨んだ般若と巨大な睾丸が、ゆっくりと階段を上っていくのを、私は男が立てた湯の波にもまれながら見送った。

私も身体を洗い、湯につかり、身体を拭いて風呂場を出る。脱衣所ではやせこけた老人が身体を微妙に震わせながら、超スローモーションの速度で浴室に降りようとしているだけで、さっきの男はすでにいない。私は外に出て番台の女性にいいお湯だったと声をかけるが、そのとき玄関のところにさっきの男がいるのに気づく。今は眼鏡をかけた、柔和な顔の初老の紳士だ。ジンベイを着て、みどり牛乳のコーヒー牛乳をうまそうに飲んでいる。その男が、まさか般若の入れ墨と巨大な睾丸の持ち主だなどと、誰にわかるだろう。人間、見た目じゃわからないなあと心でつぶやきながら、私もみどり牛乳を飲む。

若い芸術祭のスタッフたちと、梅園通りの高麗房に行く。韓国料理はいろいろ食べてきたが、この店ほどうまいところを私は知らない。とくに蒸し豚は最高で、ときどきこれを食べるためだけに別府に行ってもかまわないとまで思う。

しかも今日は泡立つマッコリがあり、豚のタンなど、普段はまかないで食べているようなものまで食べてみるかと出してくれるから、ついつい長居して夜が更けていく。客が私たちだけになると、マスターと女将さんも話に加わる。

マスターの両親は慶尚南道の生まれで、多くは語らないが、戦前日本にやって来た、あるいは連れてこられたようだった。マスターは戦後二年か三年のころの生まれで、浜脇で暮らしていたという。親はヤギを飼っていて、その内臓の料理、つまりいわゆるホルモンを「発明」し、焼き肉屋を開いていた。発明とは言ったが、大阪鶴橋をはじめとして、この時期、日本中でホルモンが同時多発的に開発されたのだろう。マスターも別府の発明とまでは言わない。

しかし、この夫婦のなれそめを聞いて心底心が動かされる。女将さんは神戸の女で、日本人だ。ふたりは大阪で出会って、恋に落ちる。マスターは在日の長男。きわめて難しい組み合わせである。大阪南港に、船で別府に帰るマスターを見送りにいった女将さんは、そのときすべてを投げ捨てて、衝動的に船に乗ったという。誰でも人生に一度か二度は、ほとんどあとさきを考えることもなく、覚悟を固めるときがある。ふたりはこのとき、別の世界に飛び込んだのだろう。今では双方の親兄弟ともうまく行っていると笑いながら話すが、ふたりはほんとうに苦労したはずだ。だからこそ、彼らは言う。

「国は関係ねえけん。どこん生まれでもかまわんちゃ」

ふたりは真の意味での国際人だ。


昔、松原公園あたりには映画館が何軒もあったという。今はニュー南映と新しくできた別府南映劇場の二軒のアダルト映画館、そして駅前通りにブルーバードという名の名画座があるだけだ。

ブルーバードは、私もよく利用する。客は多くて数人で、私ひとりのこともある。私もいなければ上映もないのだろう。今度見たらなくなっていたが、以前は外のショーウィンドウの上に、古い映画のポスターが野ざらしで吊るされていた。『別離』、『男と女』、『8 1/2』、『エドウッド』、『雨上がりの天使』……、みんな懐かしい。そういえばフェリーニの『8 1/2』も温泉地が舞台だったなあ。スランプに陥った映画監督が幼いころの記憶や幻影に翻弄される。

アドバイスを求めた友人の作家には、新作の構想をぼろぼろにけなされて、「映画全体が訳の分からぬエピソードの羅列だ。曖昧なリアリズムと思えば面白いかも」などと言われていた。温泉地で新作に行きづまるディレクターか……。

ブルーバードで『男と女』を観ている自分を想像する。

その年配の女性とはじめて会ったとき、なにか不思議な気分になった。彼女のひとみが緑色だったからだ。私が怪訝そうにしているのに気づいたのか、彼女は自分の数奇な人生について語りはじめる。

「母がねえ、ロシア人だったのよ」

母親は一九〇五年、ペトログラードの郊外で生まれた。母の父、つまり彼女の祖父は商人で、帝政ロシアのために軍馬を調達していた。かなり手広く商いをして、裕福な暮らしであったらしい。そして一九一七年、ロシア革命が起こる。一家はハルピンに移り、貿易で金をつくりながら白軍を支援しようとしたが、状況はままならない。ソウルに移り、その後、一家で日本に亡命する。いわゆる白系ロシア人という人たちだ。一九二三年のことだった。ソウルで祖父の助手をしていた日本人青年のつてで、神戸に居を構え、祖父は、やはり貿易商として身を立てた。そしてこの日本人青年と、彼女の母は結ばれる。彼女は淡々と起こったことを語るだけで、自分の祖父、母、そして父の人柄には触れないままだが、それがかえって、リアルな臨場感を生んでいた。

二年後の一九二七年、恵子さん……私に今、身の上を語るこの老女は、神戸で生まれた。母は二二歳。父の歳は聞き忘れた。

しかし運命とは過酷なものだ。一九三三年に日独防共協定が結ばれると、白系ロシア人たちは日本で生きにくくなる。両親は話し合って離婚を決意し、幼い恵子さんを残して、祖父と母は日本を去っていく。上海に行ったとも、オーストラリアに移住したとも聞く。私にもわからないのよ、と恵子さんは寂しそうに微笑んだ。

父は日本人の女性、彼女にとっては育ての母となる大阪の薬剤師の女性と再婚し、一家は大陸に渡る。大連、浪花町に薬局を開き、それは繁盛したようだ。少女の心に大連の街並みは鮮明に焼きついて、恵子さんは目をつぶると、ささやくようにこう話す。

「凄く広い道路でしたね。二五間はあったんじゃないかしら。車道はコールタールで舗装され、歩道だって石を敷いて固めてあるから、雨の日でもなんの心配もなかったの。電飾がとってもきれいだった……」

一家は大陸で終戦を迎えたようだ。戦後、引揚船で舞鶴に着き、母の親戚を頼って、ここ別府にやってきた。

話はそこで唐突に終わり、恵子さんは緑色のまなざしで中空を見つめていた。

いろいろな都市を訪ねると、私は決まって公園、あれば植物園、そして場末の映画館に立ち寄るが、別府公園はこれまで見てきた都市公園のなかでも、とくに気に入っているもののひとつである。今はほとんどぶっきらぼうなまでになにもない、がらんとした広大な緑の正方形で、空が広い。別府中心部にこんな空間が残されていること自体、奇跡とさえ思える。つくられたのは明治四〇年で長い歴史があるが、戦後は進駐軍のキャンプ地になっていた。アメリカ兵たちはジョージアの地名にちなみ、別府駐屯地を「キャンプ・チッカマウガ」と呼んでいたそうだ。

別府は空爆を受けていない。占領後、保養地としても最適なここにキャンプを開こうと計画していたから、別府を爆撃しなかったという話を聞いたことがあるが、それはどうなのだろう。

東京大空襲で火災旋風を起こすことに成功したアメリカ軍は、それ以後、軍需工場や港湾施設に対して日中行う精密爆撃を改め、都市そのものを焼夷弾で焼き尽す、夜間の無差別爆撃に方針を転換した。東京から熱海まで、人口が多い順にまとめられた一八〇の爆撃目標都市のリストを見たことがあるが、別府も七七番目に挙げられていた。

京都は文化財の多い歴史的な街だから爆撃されなかったとか、倉敷はエル・グレコの『受胎告知』を持つ大原美術館があったから難を逃れたとか、そんなそれらしい裏話はよく聞くけれど、戦争の論理はそんなに甘いものではないだろう。京都は市街地爆撃は逃れたが、原爆の投下候補地には挙げられていた。別府が爆撃されなかったのは、指令官が温泉保養を愉しみにしていたというよりは、なにかの偶然、ちょっとした、たまたまの巡り合わせと考えるべきだろう。

現在の別府に進駐軍の残り香を感じることはほとんどないが、孤児院の話を聞いたり、最近も彼らがつくった地下道が再発見されたり、ときどき亡霊のようにその影が現れる。すでに高齢化しているが、ある世代までの別府人には、アメリカはごくごく身近な存在だっただろう。

満州から引き揚げてきて宇佐に住むひとりの少女が、別府のダンスホールの入口で「ピアニスト求む」の貼紙を偶然目にする。幼いころからピアノを習い、ピアノを弾きたくて弾きたくて仕方ないのだが、引き揚げてきた家にピアノはなく、そのどうしようもない衝動に、彼女は思わずダンスホールの扉を押し開く。

「ピアノ、弾けるのか?」

「はい」

「そうか、じゃあ、今夜七時に来てくれ」

これが、のちにオスカー・ピーターソンに見出される世界的なジャズピアニスト、穐吉《あきよし》敏子の一六歳の旅立ちだった。

しあわせは羽毛のようなもの。
風に運ばれて空に舞う。
軽やかに飛んでいるけれど、
いのちは短い。
風がやまずに吹いてくれなければ。

アストラッド・ジルベルト『フェリシダージ』

人間の無意識の奥底には、意味のある、論理的な宇宙を望む普遍的欲求がある。しかし、本当の宇宙は、つねに論理の一歩先を行っている。

フランク・ハーバート『デューン 砂の惑星』

# 6

夜になった。私は再び、夜の別府を歩きはじめる。北浜のネオン街やソープ街、きらびやかな女たちや客引きの男たち、酔客の一団、客待ちのタクシー。毎夜繰り返される繁華街の夜だ。

しかしソルパセオ銀座のアーケードを抜け、流川を越えて楠銀天街に入ると、あっという間に喧噪は消え、夜の静寂に包まれる。そのまま歩いて松原の方まで行く。夜の松原公園はがらんとした空虚だ。周囲は住宅街で、ところどころに昔の繁華のかけらを認めることはできるけれど、ここがかつて「西の浅草」と呼ばれていたことを想い起こすのは難しい。

当てずっぽうに道を選び、北に向かって引き返す。街灯にぼんやりと照らされた誰もいない夜の道が碁盤の目のように続き、次から次へと十字路が現れる。誰かがついてくるような気配を感じ、ときどきうしろを振り向くが、誰もいない。永石通り、旭通り、中浜通りを超え、秋葉通りに出る。さらにそれを超えて、流川通りに戻ってきたので、これを今度は山の方に歩いていく。

誰も彼も、昔の流川通りのにぎわいを誇らしげに語るが、今はありふれたただの車道にしか思えず、松下金物店のスクラッチタイルの肌に見ほれたあとは、手持ち無沙汰の気分で足を早める。しかし、大正七年、竹久夢二が肺結核を患う恋人彦乃と落ち合ったのは、ここ流川通り四丁目にあった日名子旅館だった。無頼派の小説家、織田作之助の姉夫婦が、昭和九年に別府に移り住んで開いた化粧品屋も、流川通りの四丁目にあったという。作之助はしばしば別府に来ていて、それは姉、千代を慕ってのことだった。大阪を舞台にした出世作『夫婦善哉』も、千代夫婦がモデルであると言われている。

亀の井ホテルを通り越し、ＪＲの線路を越えて、さらに歩くと広い道に突き当たった。

すでに別府は、すこし姿を変えている。あの庶民的な下町とは違う、ある種のよそよそしさ、ちょっとした気取りの顔を見せはじめた。歩き疲れたので、そこに建つビルの二階に上がって、昔一度連れてこられたバーに立ち寄り、シングルモルトを注文する。カウンターにはただひとり、三〇代前半だろうか、白のブラウスに白のスーツの、すっきりとした顔立ちの女がひとり、緑色のカクテルを前に座るだけで、ほかに客はいない。その服装が別府に合うような合わないような、彼女の周りだけ、妙に浮いた空気が漂っている。私の方は話し好きなバーテンと当たり障りのない季節の話をし、しばらくして席を立った。外に出れば、目の前、道路の向こうは中央公民館、昔の別府市公会堂だ。

正面にあった大階段はすでに取り払われ、昭和三年の建設当時とはかなり姿を変えているようだが、それでもアーチ窓を多用したスクラッチタイルの外観は、今でも重厚かつ端正だ。建築家は吉田鉄郎、のちに東京や大阪の中央郵便局を設計した建築家で、日本のモダニズム建築を牽引した人物として知られている。とくにライトアップもされず、旧公会堂は暗闇に溶け込んで、周囲の光にうっすらと照らし出されているだけだが、かえってその暗さが時を消してしまい、今がいつなのか、時代を軽く見失う。

気がつくと、さっきバーにひとりでいた女が私の前を歩いている。こうして夜の街を歩いてきたからか、あるいは彼女の、ひとり歩く白いスーツのうしろ姿が引き金になったのか、私は突然、アラン・レネの『二十四時間の情事』を思い出す。私がもっとも愛する映画のひとつだ。この日本語タイトルが良いのか悪いのか、たしかに内容をうまく表している気もしないではないけれど、私には元々のタイトル、『ヒロシマ、モナムール』、あるいは『ヒロシマ、私の恋人』の方がしっくりとくる。

製作アナトール・ドーマン、監督アラン・レネ、原作・脚本マルグリット・デュラス、主演はエマニュエル・リヴァ、岡田英次。夢のような組み合わせだ。私は、岡田英次につけられながら、エマニュエル・リヴァが夜の広島の街を彷徨い歩くシーンがとくに好きだ。広島とヌヴェールの街路が交互に映し出されていくが、これほど都市の歩行をスリリングに描写した表現を私は知らない。

マルグリット・デュラスのシノプシスはこんなふうにはじまる。

「一九五七年の夏で、八月、場所はヒロシマである。

あるフランス人の女性が、その都会にいる。年はおよそ三十歳。彼女は、平和にかんする映画に出演するため、そこに来ている。

物語は、そのフランス人の女性が、フランスに戻る前日に始まる。彼女が出演するその映画は、実質的に終わっている。あとは、一つのシーケンスを撮影することが残っているだけだ。

フランスへの帰国の前日、映画の中で決して名前を呼ばれないだろうそのフランス人の女性――その匿名の女性――は、ある日本人の男性（技師あるいは建築家）に出会い、二人はおたがいに極めて短い愛の物語を経験することになる」

そして、

「平凡な物語。毎日何千回となく起こっている物語。日本人の男性は結婚しており、子供たちがいる。フランス人の女性もまた結婚していて、同じく二人の子どもたちがいる。彼らは一夜のアヴァンチュールを生きる。

しかし、どこで？ ヒロシマにおいてである。

とても平凡で、とても日常的な、その愛の抱擁は、それが最も想像しにくい世界の都会、すなわちヒロシマにおいて生じるのである」

ああ、そうだ、しかしそうならば、こうも言えるかもしれない。別府はヒロシマの対極にあると……。アヴァンチュールが似合う街だと言いたいのではない。別府は、とても平凡で、とても日常的な、その愛の抱擁が、最も想像しやすい世界の都会なのだ。

すべての属性を脱ぎ捨てて、男と女になれる場所が、ここ別府である。

エマニュエル・リヴァが『二十四時間の情事』の撮影で広島に滞在した時、自分のカメラで写した写真がパリで発見されて、写真集になっている。港千尋とマリー＝クリスティーヌ・ドゥ・ナヴァセルが編集したその『HIROSHIMA 1958』の写真は、半世紀が経つというのに、なんというみずみずしさだろう。一九五八年の広島を、今、生きるようだ。

この写真集と合わせて出版された映像論『愛の小さな歴史』のなかで、港千尋は歴史家と写真家の対比を行い、マイクロヒストリーに「クローズアップ」を、マクロヒストリーに「ロングショット」を対応させていたが、秀逸な視点だと思う。

映画か。そうだ、映画だ。

考えてみれば、私にとって、別府ほど、数々の映画を想起させていく場所はなかった。夜、高台の道路をドライブすれば ディヴィッド・リンチの『マルホランド・ドライブ』を、鉄輪の湯煙のなかを歩けばアンドレイ・タルコフスキーの『ストーカー』を、こうして北浜界隈や松原、浜脇あたりを歩けばフェデリコ・フェリーニの『ローマ』やアラン・レネの『二十四時間の情事』をと、そんな数々の私にとって忘れ得ぬ映画たちを、別府は記憶の海から次々と引き揚げていく。これはなんだろう?

私はある風景から映画のシーンを思い出すことが多い。いや、逆に言えば、映画のシーンを思い起こさせる風景こそが、私を惹きつけるとも言える。

アン・フリードバーグが書いた『ウィンドウ・ショッピング』という研究書を読んだ。この本は副題に「映画とポストモダン」とあるように、遊歩者の「移動性をもった視線」とショーウィンドウを見る「仮想の視線」を結びつけ、映画を見る行為を論じたものだが、街を舞台にして芸術祭をつくる上でも、大いに参考にできるのではないだろうか。

映画は座席に座ったまま、移動性を持った仮想の視線、つまり肉体の移動を伴わない、ある意味ではインチキの、虚構の移動体験を提供する。オン・デマンドやヴァーチャルリアリティ、あるいはユーチューブなど、現代において、ますます加速しつつある傾向だ。しかしそれは、厳密に管理された移動における視線であり、眼だけに頼った暴走に思えてならない。

管理されているから、資本主義的文化とも相性は良く、ウィンドウ・ショッピングの延長として、次から次へと欲望を刺激していく。

しかしならば、これを逆手に使えないか？　つまり、アーティストたちの力を借りて、街にかりそめのシーンを出現させ、そこを肉体を伴って歩くことで、映画を見るのではなく、映画を生きることはできないか？　街は現実の空間であり、人の歩行を厳密に管理することなどできない。とすれば、映画の一方的な線形の時間は崩れ、人は各シーンを、あるいはそこから派生する予期せぬ街との出会いをつなぎ合わせ、自分だけの映画を生きることになる。

白いスーツの女が角を曲がる。いつまでも彼女のうしろ姿を見ていたい私は歩を早め、急いで追いつく。今、彼女が曲がったその角を曲がると、道はＪＲの高架の方に向かって暗く伸びていた。どこからともなく、キンモクセイの甘い香りが流れてくる。

映画は私を虜にする。しかし映画は私の手法ではない。私は世界をつくりたくはない。私は世界を生きたいだけだ。映画にないものはなにか？　この世界にはあって、映画にないものはなんだろう？

そのとき、前を歩いていた白いスーツの女が突然振り向く。そして彼女は言う。

「それは私の身体。私の肉体」

そうだ、それはそうだよ。私もきみも網膜の刺激ではない。痛みも快楽も感じる、このたしかな、物質的な肉体をもつ存在。きみの肌に触れ、きみのぬくもりを、そして私のぬくもりを互いに確認しあえる物質的な存在だ。脳のなかの幻影ではない。私の肉体は傷つけられれば痛みを感じる。ならばきみの肉体を傷つければ、きみは痛みを感じる。そんな簡単なことがなぜわからない？　それがどんなに凄いことか、なぜわからない？　私たちは自身の肉体を再・発見しなければならない。肉体を失えば私たちは消える。私たちは仮想の現実を生きているのではない。私は肉体を持って、ここにいるのだ。私はここにしかいない。

## 心は筋肉である。

イヴォンヌ・レイナー

眼の暴走とは新皮質の肥大化だ。別府は辺縁系を刺激する場所。辺縁系は復讐せねばならない。毎夜、夜の家では爬虫類と哺乳類がいまだに戦っているという。ならば私は、ここ別府で、哺乳類同士の戦いを仕組まねばならない。この肉体のすべてをもって感じるなにか、それを生み出し、眼の暴走に歯止めをかけよう。ここにいなければ、いや、ここを生きなければどうすることもできないような、そんななにかを生み出さねばならない。

たしかに芸術が生み出すシーンは、かりそめの張りぼてかもしれない。映画のセットのように……。しかしそれは、心のためにつくられた仮設の装置だ。

眼にトリックを仕掛けるだけではだめだな。視覚的なトリックじゃあ、だめなんだ。心にトリックをかけねばならない。そうしてはじめて、それは魔術になる。

# 7

カニをエビと結びつけ、ランをサクラソウと結びつけ、これら四つの生き物を私自身と結びつけ、その私をあなたと結びつけるパターンとは？ そしてわれわれ六個の生物を、方やアメーバへ、方や病棟の檻の中の分裂症患者へ結びつけるパターンとは？

グレゴリー・ベイトソン『精神と自然』

私は、朝見川沿いの浜脇や松原といった地区が好きだ。このあたり、大正のころまでは浜辺のいたるところで温泉が湧き、そこから「浜に湧く」、浜脇という地名がついたと言われているし、松原は文字通り、そこが松原だったのだろう。にぎわいのある宿屋街、花街、繁華街が形成されたが、中心はだんだんと北に移り、今は昔の写真や絵はがきに残る面影はない。まれに木造の旅籠や遊郭、商家の建物、あるいは入り組んだ路地や共同井戸が残る場所を見かけることはあるが、とくに浜脇で目立つのは再開発のコンクリート、そして人々が生活のなかで生み出してきた道ではない、がらんとして大振りな、車のための道路である。道は重要で、その大幅な改変は、われわれの身体にしみついた風景の記憶など、いとも簡単に壊してしまう。なにか、別府の一番弱く、心優しい場所が、「現代」という時代に好きなように犯されてしまったような気がして、浜脇を歩くといつも深い哀しみに襲われる。しかしそれでも、朝見川河口のここまで来ると、海が感じられる。そう、ここは今も浜脇であり松原なのだ。

浜脇再開発で取り壊されて、今は市営の高層集合住宅とショッピングモールに変わってしまったが、かつてここには昭和三年に建てられた浜脇温泉と浜脇高等温泉があり、映像で知るしかないが、それは存在感のある建物だった。どこかヨーロッパの匂いが漂う鉄筋コンクリート造で、階段の窓にはステンドグラス、屋上には庭園もあったという。湯を上がり、庭園で涼をとりながら、高崎山の緑を眺める。なんという贅沢だろう。

薬師堂の前に立ち、「浜脇薬師如来像と薬師祭りの由来」という案内板を読む。一体的に再開発された広場のなかにあるから、そんなに由緒のあるものとは思ってもいなかったが、これを読むと、ここの本尊、高さ一五センチの薬師如来像は平安時代の豊国法師の作であり、別府市内で最も古い仏像であるらしい。薬師堂が建てられ、薬師如来が祀られているわけだから、ここ浜脇の薬師温泉も、多くの病を治してきたのだろう。

江戸時代には薬師祭りがはじまり、その中心となる催しが、現在も続く見立て細工だ。旅館や遊郭、商家などが、それぞれ手持ちの材料で、歌舞伎や御伽草子などに題材を取って、人物や動物などを造作する。見立てという行為は粋な遊びだが、なによりもまず想像力を要求し、この国では和歌や俳諧、戯作や歌舞伎など、芸術表現の広範な領域で多用されてきた。茄子や人参はあくまで茄子や人参だが、そこにすこしの手を加えることで、馬が現れたり鳥が現れたり、世界の見え方が変わってしまう。コンテクスト、つまり文脈を変容させる術であり、大げさにいえば幻視や魔術にも通じている。そんなことを別府の庶民は普通に楽しんでいたわけだから、たいしたものだと思ってしまう。現代の薬師祭り見立て細工では、野菜や日常雑貨その他が使われて、ピカチュウ、キティ、ドラえもんからさまざまな時事問題、流行りネタまで、実に多様な世界が出現する。

感心しながらそんなことを考えていたら、私と同じように隣で案内板を読んでいたオーバーコートに帽子の、白髪の男が声をかけてくる。

「観光ですか?」

「ええ、まあ、そんなところです」

「そうですか。私はねえ、六〇年ぶりなんですよ。高校までここにいたんですが、大学は北海道に行きましてね、今は函館に住んでます。昔はこの温泉にもよく来たんだが、もう変わり果てちゃって、まったくわかりませんな。まったくわかりません」

「昔の浜脇温泉をご存知なんですか。うらやましいなあ。このあたり一帯が変わってしまったんでしょうねえ」

「ええ、すっかり変わりました。どこがどこなのか、ほんとうにわからない」

そしてあらためて、彼は広場の回り、スーパーマーケットや商店、市営の浜脇高層住宅棟や新しい浜脇温泉、多目的温泉施設湯都ピア浜脇といった、今現在の風景をゆっくりと見回していく。

「はじめて会った方にこんなことを話すのはどうかと思いますが、当時つきあっていた近所の女性がいましてねえ、彼女とよく、高等温泉の前で落ち合ったもんです。今の女房じゃないんですが、ここはなんというか、思い出の場所なんですよ」

「ああ、それはかけがえのない場所だ」

「二度と来ることはないと思っていましたが、法事があって帰ってきたものだから、どうだったかなあと気になってねえ。しかし、わからんのですよ……。わからなくなりました」

男はしばらく黙っていたが、小さな声で付け加えた。

「見失ってしまったのです」


ふっくらとしたトラネコに見つめられながら、調査を終えた松田法子と二幸荘の前で待ち合わす。はじめて会ったときから、彼女の生真面目で白磁的な、硬質の美しさに変わりはないが、こうして何度も会い、会話を続けるうちに、そのなかを流れる詩的な体液のようなものも理解ができるようになり、私にとっては得難い相談相手になりつつある。「近代大規模温泉町の成立過程と大規模旅館の諸相─別府温泉を事例として─」とか、難しそうな論文を多数発表している都市史の研究者だが、言ってみれば、彼女はある種の探偵なのだ。

彼女は予兆を求めて土地を歩く。人の話を聞き、かすかな音や匂いや地形の変化を追い、傾きかけた古い民家や緩やかに曲がりくねった小道に目を向ける。古書や古地図など、膨大な文献から得た知識を総動員し、時間軸に沿って並べられた複数の地図の上に、今感じるこの世界を重ねあわせ、目には見えないなにかを見るために彷徨い歩く。

対象は違うし、厳密さも違うが、彼女のやり方は私のやり方に似ていなくもない。見えるものと見えないもの、嘘と本当、過去と現在、現在と未来を頻繁に行き来する。そしてなによりも、まず第一に歩くのだ。


「今日の調査、うまくいった？」

「ええ、収穫がありました」

法子はさらっとそう言うと、手にしたノートを掲げてにこっと笑う。

「このへんは江戸のころからにぎわっていたのかしら？」

「そうですねえ、少なくとも江戸後期の集落は街道沿いと、今の流川あたり、港から伸びて街道と直交する通り沿いに広がっていて、T字型に形成されていたようです。このあたり、浜脇は半農半漁の集落で、年貢米の積出港ではありました。湯治場の要素もあったようですけど、定かなことはわかりません。貝原益軒の本に薬師堂付近に入浴施設があったことは書かれているんですけど」

「すると、やっぱり近代的な港ができて、別府と大阪が直結してから、こんなに発展していったわけだ」

「ええ、浜脇や別府の飛躍的な発展は別府港の築港からなんですが、関西との関係で言えば、もっと深いものがあるでしょうね。四国より、大阪、京都との結びつきが強かったんじゃないかとさえ思えることもあります。たとえば、幕末のころ、井上馨が逃げてくるでしょ？なぜ井上は別府に逃げてきたのか？」

「ふーん、そういえばそうだな」

「それでね、ここには浜脇東、浜脇西、薬師湯の三つの共同温泉浴場が一カ所に集まっていたんです」

彼女はうれしそうに話しだす。

「前に一緒に歩いた旧街道、覚えてるでしょ？」

「西法寺の前を通って歩いてきた、あれだよね」

「そう、豊前道《ぶぜんみち》。別府村や亀川村はあの街道沿いに形成された町筋ね。でもあの道って、この浜脇と離れてるじゃないですか。なぜか？」

法子は夢中になって話しているから、そのまま黙って聞いているが、私になぜかと聞かれても、わかるはずもない。と言うより、そもそも浜脇が街道から離れていることが、それほど重要なことなのか？

「温泉場では、集落と泉源が近接してるのが普通なんだけど、ここはそうなっていない。で、調べてみると、どうやら街道沿いにあった泉源の湧出量が、天明二年ごろに低下して、それで、より海沿いのこのあたりに、新たに温泉場が開発されたっていう伝承があって、これは実際、そうだったんじゃないかと思うんです」

「はあ……。天明二年って、いつごろなの？」

「一七八二年。うん、まあいいや……。それで、なんだっけ、そう、近代になると、ここに東温泉、西温泉、薬師湯の三つが集積してたんです。昔のこのあたりの地図を見ると、その共同温泉浴場が集積したエリアには、一〇本ほどの道が放射状に集まっていて、この一画がまるで広場みたいになっていました」

「あっ、それ見た。NHK大分の紀行番組を見たんだけど、ほんとうにそうだった。まるでイタリアかどっかの広場みたいで、どこをどう歩いても、共同浴場に戻ってきてしまう、そんな迷宮的な世界だったよ。たしか一三本の道が集まっていると言ってたなあ。高等温泉の入浴料は六〇円だ」

「それ、浜脇温泉が取り壊される直前に制作された番組ですよね。あそこに映ってた建物は昭和三年に建てられたもので、鉄筋コンクリート造二階建て、スクラッチタイル張りの大きな共同浴場です。その年に開かれた博覧会に合わせて、東温泉と西温泉をその建物のなかに一緒に収容したんです。西側に無料の浜脇温泉が、東側に有料の浜脇高等温泉が開かれました。あの建物はすてきでしたよね」

ぶらぶらと朝見川に沿って、海に向かって歩きだす。国道を渡り、浜脇港を見ながら、朝見川にかかった藤助橋を渡る。橋の真ん中で手すりにもたれて、夕暮れの光の中、ふたりで別府湾を眺めた。

「海だね」

「ええ」

海は静まりかえっている。瀬戸内の、かなり深くまで陸地に入り込んだ別府湾は、ほとんど波もなく、今はとろんとした表情だ。いかなるかたちであれ、二〇一一年三月一一日を知っている以上、こうして海を眺めていれば、誰だってさまざまな想いがこみ上げてくる。かつてこの目の前の海も牙を剥き、荒々しくこの地を飲み込んだことがある。なにも言葉は交わさずとも、ふたりは同じことを考えていた。

「瓜生島《うりゅうじま》には、大友宗麟の貿易港があったのかな？ ポルトガルの船がたくさん来ていたって聞いたけど」
「宗麟の貿易港は沖の浜というところです。これはルイス・フロイスの報告でも触れられているし、大津波で壊滅的な被害を被ったことも記されている。それから、たしかに『瓜生島図』という古地図には別府湾の大分側に瓜生島、別府側に久光島というふたつの島が描かれていて、とくに瓜生島は大きな島です。村落や寺社があり、沖の浜という地名も書かれていました。

でもね、瓜生島がほんとうに実在したかということは、ずっと議論されてきたんです。近年では、瓜生島という島は実在せず、瓜生島という名前と、大地震で失われた沖の浜がある時点で混同、というか、すり替えられた可能性があるという説もあって、私はこれ、けっこう説得力があると思ってます。島が沈んだという話はショッキングだけど、まだまだ冷静に調べてみなければいけないことが多いんです。

久光島の方も、海沿いにできたラグーンで水田が開発され、その自然堤防の上には集落も形成されたから、こういうところが島と呼ばれていたのではないかと考えられています。つまり久光島は、そんな集落のひとつだったのではないかということね。地震で堤防が崩れ、集落も水田も海に沈んでしまいました」

「そうか、でも、海に飲み込まれたことはたしかにあったわけだ」

「うん。文禄五年に四国で大地震があって、その三日後に地震が起きて」

「えっ、ちょっと待って、四国でも地震があったの？」

「文禄五年の閏七月九日に伊予で大地震があり、その三日後、閏七月一二日にここ豊後で大地震が起こる。今の暦でいうと一五九六年の九月四日。それだけじゃない、次の日には京都でも大地震が起こります」

「そんなこと、知らなかった……」

「慶長伊予地震、慶長豊後地震、慶長伏見地震と続いたのね。これら一連の地震は慶長地震と呼ばれているけど、こんな大地震の頻発のあとに年号が文禄から慶長に変わったから、正確に言うと、これらを慶長地震というのは違うかもしれない。すべて、文禄五年の五日間に起こったことなんです。そして慶長三年、一五九八年に、もう一度、この地域では大地震が起こっています。少なくとも二度、ここで大きな地震が起こったの」

遠い昔を思い浮かべる。しかし数百年という時間も、地質学的時間でいったら一瞬のことだ。

私は大学時代を神戸で過ごし、そのときに住んだ下宿先はどれもこれもことごとく、阪神淡路の大震災で消えてしまった。もしもほんのすこし時間がずれていて、地震の日に神戸にいたら、その時、命を失っていた可能性は十分にある。地質学的時間で考えてみれば、他人事なんてひとつもない。たまたま、私がこの人生で、出会わなかったというだけのこと。誰の身にも起こりうる。人生という時空線の不思議さをあらためて思うのだ。

三月一一日以降、目の前の経済を案じ、無限に終わることのない経済成長がいまだに必要だと叫ぶ人も多いけれど、こういう時だからこそ、千年、一万年という、自分の生とはかけ離れた時間を想い、そのなかで、今の自分の生にとってほんとうに肝心なことはなんなのか、静かに考えてみる必要があるのではないかと私は思う。


遠くに、林立するラブホテルが見えてきた。

突然、法子が言う。

「竹田《ちくでん》が雪姫と遊んだのは、松原公園のあたりです」

「ええ? 竹田って、あの田能村竹田《たのむらちくでん》?」

「そう。ほろ酔いになった雪姫にせがまれて、彼は小秦淮《しんわい》の小額と一遍の漢詩を書きあたえた。すてきでしょ? 秦淮は南京、揚子江の岸に広がる歓楽街ね」

そう言うと彼女は目を細め、微笑むように周囲を見回す。

「ここいら、一面の松原だったのよ」

彼女はおそらく、ほんとうに松原を見ていた。

「さようなら」とキツネは言った。
「じゃあ秘密を言うよ。簡単なことなんだ。——ものは心で見る。肝心《かんじん》なことは目では見えない」

アントワーヌ・ド・サン＝テグジュペリ「星の王子さま」

## 8

ハルとナツにはじめて会ったのは、鉄輪の激しい湯煙のなかだった。曇っていたり雨だったり、大気中の湿度が高いと湯煙は激しい。あの日も小雨の一日だった。地域一体が白濁していて、湯の川から立ちのぼる白い蒸気で道の先が見えないほどだった。急にひんやりとした風が吹いて一瞬視界が開けると、ふたりが私の横に並んでいた。そして、唐突に話しかけてくる。

「なんにも見えないでしょ。光だけの世界だね」

背は私と同じくらい、一六五センチか六センチといったところか、均整の取れた体つきで、顔ははっとするほど美しかった。聡明そうなアーモンド型の目をしている。そして、ふたりはなにもかもが瓜二つ、一卵性の双生児だった。歳は聞いたことはないけれど、二〇代の半ばだと思う。こんなふうに見知らぬ男に声をかけてくるなれなれしさには戸惑ったが、私もなぜか彼女たちとは初対面という気になれず、ずっと昔から知っているような気持ちになった。そのときからふたりとは親しくなり、こうして別府に来れば連絡を取って、会うこともある。落ち合うのはいつも鉄輪だった。

夜、ハルとナツは一緒に温泉に行こうと言い出す。ふたりの話はいつも唐突で、急に映画を見ようとか、あのレストランに行こうとか、十文字原に行って別府の夜景を見ようとか言い出すのだが、温泉に誘われたのははじめてだった。

ふたりの車で暗くくねくねとした山道を抜け、山の中の露天に行く。けっこう走ったような気もするが、ここがどこなのか、よくわからない。すこし開けた場所に車を置くと、なかからタオルを持ち出して、ふたりは「ついて来て」と言って、山道を登りはじめた。

ふたりはなんのてらいもなく、私の目の前で服を脱ぎはじめ、そのあまりにもさばさばとした脱ぎっぷりに見ほれてしまう。ハルが早く脱げと促すように私を見るので、どうもこういうときは男の方が度胸がなくなるが、仕方なく裸になる。

それにしてもふたりの美しさには言葉もない。髪をうしろに束ね、ほっそりとしたあごと凛とした首筋。肩幅は広く、鎖骨、しっかりとした大胸筋の上に張り出した小さめの乳房、乳首。腹筋が感じられ、なだらかにくびれた腰のライン、臍、引き締まった下腹とはっきりとした陰毛、そしてその下にすらりと伸びきる両脚。とくにかたちの良いふくらはぎとアキレス腱は見事なほどで、私はこんなにも均整の取れた身体を見たことがなかった。引き締まった筋肉の上に、薄く滑らかに脂肪がついて、陸上のアスリートかダンサーの肉体だった。

私　なにかスポーツでもやってるの？
ハル　べつに……。ふたりとも山は歩くけど。
私　でも、きみたち、ほんとうにきれいだなあ……。こんなふうに裸を見せちゃっていいの？
ハル　ありがとう。あたしたちから誘ったんだし、かまわないよ。明日から横須賀だから、すこしリラックスしたかったの。
私　横須賀か。なにしに行くの？
ナツ　研究所。一年の半分以上は横須賀や舞鶴に缶詰なのよ。つまんないよー。
私　えっ、きみたち、研究者なのか。まだ学生かと思ってた。
ハル　研究者というより、被験者って言った方が当たってるかも。
私　被験者？　なんの？
ハル　ごめん、言えないことになっている。なんていうか、まあ、心理学関係ね。

ふたりは首まで湯につかり、目の前でニコニコと微笑みながら、私の顔を見つめている。顔はまったく同じに見えて、こうなるとどちらがハルでどちらがナツなのか、言い当てることもできないほどだった。

**ナツ** なんか、しゃべって。

**私** なんか、うれしそうだね。

**ナツ** うーん、いい色。すてき。

**私** 色？

**ハル** うん、声がね

**私** 声って、ぼくの声？

**ナツ** だめだよ、ハル。説明しなきゃわかんないよ。あなたの声って、いい色なの。ふたりとも鉄輪で気がついた。私たちには色が見えるの。

**ハル** 共感覚ってやつね。作家のナボコフもそうだった。というか、みんな言わないだけで、けっこうそこいら中にいるよ、そういう人。

**私** 共感覚か……。聞いたことはあるよ。でも、ぼくの声って、どんな色なんだい？

**ハル** 基本的に紫。赤っぽいときもあるし青っぽいときもあるけど、今は深い青紫。

**私** ふたりとも同じ色が見えるの？

**ハル** 色だから、ほんとうにナツとまったく同じ色が見えてるのかは確定できないけど、同じと言っていいと思う。ひとりが緑に見えて、もうひとりが赤に見えるってことはない。

**私** どんなふうに見えるんだい？ 声がするとぼくの身体が紫色になるとか？

**ナツ** いや、そうじゃないわ。あなたのことは普通に見えているんだけど、それとは別に、声が聞こえると、ああ、紫色だとわかるのよ。見てるというのとはすこし違うかもしれない。でも、意識すれば、あなたの身体の周りでゆらゆらと色の炎が燃えるみたいな感じで見ることもできる。

**私** いわゆるオーラってやつかな？

**ハル** そう考える研究者もいるけど、実感としては違うわね。だって、私たち、ほかにもいろいろなものが見えるもの。生命のエネルギーっていうか……。その力は、私よりナツの方が強いわ。

**ナツ**　生きてるものだと、とくにね。

**私**　とくに、なにが見えるんだい？

**ナツ**　光というか、輝く粉が吹き上がってる……。

吹き上がる輝く粉。なんてことだろう……。急に私は記憶の湖底に引きずり込まれる。それなら私も見たことがあった。祖父が亡くなりかけていたころ、隣に寄り添っていると、寝そべる彼の身体から、輝く光の粉が上空に吹き上がっていた。それはまさに吹き上がるという様子で、キラキラと、キラキラと、祖父の身体から吹き出して、中空を舞っている。私は自分の目がおかしいのか、あるいは光の具合だろうか、あるいは埃なのかと、いろいろ考えてみるが、どれもそうとは思えなかったし、そう思ったところで、目の前の輝く粉が消えることはなかった。

**ナツ**　そうよ、あなたがおじいさまの身体に見たのがそれ。

**私**　おかしな体験だったから、他人に言うことはなかったんだ。ずっと内緒にしてたんだけど、今、思い出した。……ちょっと、ちょっと待ってくれよ。なんでナツはわかるんだ？　ぼくは話してないよ。もしかして、きみたち、心が読めるのか？

**ハル**　場合によっては。今はあなた、とても無防備だった。

気がつけば今夜は満月で、周囲は陽光とはまた別の、あの月特有の光に照らされて、木々の緑も湯の流れも岩肌も、ハルの肉体もナツの肉体も私の肉体も、すべてが鮮明に浮かびあがっている。それはほの暗さというのではなくて、また別の明るさ。すべては鮮明だった。私は、彼女たちが他人の心を読めるという事実より、当時の私に起こったいくつもの不思議な、説明のつかない体験を思い出すことに夢中になってしまい、たぶん、ハルに言わせれば、ますます無防備な状態になっていく。

## 私

思い出してきた。思い出してきたよ。ぼくと母と、母の友人がいた。祖父の前にいるんだ。そのときは光の粉は見えなかった。光の粉が見えるときは、ぼくがひとりでいるときなんだ。そのときは母の友人が、どういう話でそうなったのかわからないけど、極楽はとてもいい香りがすると話していた。ぼくは地獄も極楽も信じてないから、ばかにして彼女の話を聞いているのだけど、そのとき、これまで嗅いだこともないようないい香りが、突然漂ってきた。あれがなんだったのか、いまだにわからない。ぼくは自分で、これが暗示というやつだと思おうとしたのだが、わからないんだ。それは、たしかに匂いだった。しかも、母が怪訝そうな顔をしていることにも気がついた。あとで聞くと、母もその香りを嗅いでいた。ほんとうに、今まで嗅いだこともない、とてもいい匂いだった。嘘じゃない。

それから、高いとこにかけてあった籐のバスケットが急に落ちてきた。かなり古いものだから、自然に取っ手が切れたんだろう。母を心配させないようにそう言ったけど、地震があったわけでもないし、なんで今、それが突然切れたのか不思議だった。片付けにいって、一瞬、凍りついたよ。その切り口は、まるで鋭利な刃物で切られたように、あまりにもまっすぐに、鮮やかだった。

ああ、ごめん。今まで忘れてきた、というか、忘れようとしてきたことが、なんか堰を切って吹き出してくるんだ。

彼女たちは微笑んだままで、これについてはなにも言わない。

**ハル** すこし風が出てきたね……。不思議なことはたくさんあるよ。世界はいろいろサインを出してくれるし。

**私** ああ、なんかおかしな気分だ。こういうときって、ぼくの色は変わるのかい?

**ハル** 変わってない。

**ナツ** 場所の光は見たことある?

**私**　場所？　あるところが光っているのかい？

**ナツ**　うん、ぼんやり光っていたり、輝く粉が吹き出していたり、吸い込まれるような漆黒があったりする。

**私**　いや、そういう経験はない。

**ナツ**　そう。

**私**　ナツはそれが見えるの？

**ナツ**　ええ。ハルにも見える。私たちにははっきりと見える。

このふたりは、私にないなんらかの力、能力を持っているようで、だからその研究所とか、秘密の研究目的というのも、うすうすは納得できたけれど、それについては深く聞かなかった。時が来れば、いつかは教えてくれるかもしれない。

すこしのぼせてきて、私は全身を湯から出し、風にあてた。ハルもナツも熱くなってきたのだろう、同じように湯から出て、丸くなった岩の上に腰をかける。

**私**　そうか、別府に住んでいるのかと思っていたけど、電話に出ないときは、ここにいなかったりするんだね。

**ハル**　研究所は九ヶ月拘束なのよ。でも、それで十分なお給料をもらってるから文句はないわ。あとは別府にいたり、友達と会うために旅をしてたり、ね。

**私**　そりゃ、優雅な身分じゃないか。つまんないなんて文句は言えないさ。旅って、どんなとこに行くの？

**ナツ**　オンネトーとか。

**私**　オンネトー？　北海道の？　ずいぶん、風変わりなとこに行くんだな。

**ハル**　ときどき大樹町に行くからね。あそこは特別なところよ。

**私**　オンネトーが？

**ハル**　そう。

**私**　でも、人なんか住んでないだろ。友人が大樹町にいるの？

**ハル**　まあね。

**私**　このあたりでは、どんなとこに行くの？

**ハル**　英彦山とか、それから志高湖ね。

**私**　ああ、一度行ったことがある。

**ナツ**　また行くことになるよ。

**私**　なんで？　今度はナツは予言者か？

**ナツ**　あなたの名前が織り込まれてるじゃない。あそこは鏡。そういうことに意識的じゃないとだめ。

いつになく、ナツの口調は厳しかった。

# 9

ナツの言ったことが気になって、別府駅前からバスに乗って志高湖に向かう。この鶴見岳や由布岳を仰ぎ見る小さな火山湖は標高六〇〇メートル、周囲は二キロ程度か。緑に覆われ、車で二〇分程度の距離にありながら、別府の路地を見慣れた眼には、こんなところが別府にあったのかと驚くほどだ。湖畔の芝地がテントサイトになっていて、地元の人には夏のキャンプ地としても知られているようだ。私はかつて一度、二〇〇九年の『混浴温泉世界』の構想を練っているとき、ここを訪れたことがある。そのときは遅い秋、季節外れのせいか歩く人もなく、湖面は静まりかえっていた。

そのとき頭に浮かんだのは、キム・ギドクの二〇〇〇年の映画、『魚と寝る女』だった。立ちこめる霧のなか、湖とも入り江ともわからぬ水面に、釣り客用のハウスボートが点々と浮かぶ。この釣り場の管理人、ヒジンは一言も口をきかず、夜は釣り人たちに身体を売っている。ここに、浮気した恋人を殺した男、ヒョンシクが、世間の目を逃れ、自殺するための場所を求めてやってくる。極限的な状況のなかで、孤独なふたりの濃密なエロスとタナトスが描かれて、世界的に評価されたキム・ギドクの出世作だが、とにかくその際立ったロケーションが頭にこびりついていた。

あの映画みたいに、ここにハウスボートを浮かべてくれるアーティストはいないかな、いや、それならいっそ、キム・ギドク本人を連れて来て、作品をつくってもらおうかと夢想した。結局そうはしなかったけれど、いまでも、彼を呼んできたらなにをやっただろうかと、ときどき思うことがある。

で、今日訪れた志高湖も相変わらず人影はなく、あの日と同じように静まりかえっている。

あまり天気は良くなくて、重たい雲が空を覆っている。湖畔に繋がれたスワンのボートがそうさせたのか、今はなぜか、ホン・サンスの二〇〇二年の映画『気まぐれな唇』が頭に浮かぶ。あの映画は韓国ではヒットしたが、日本ではほとんど知られていないだろう。しかし、こんなにも予感や予兆の重要さを感じさせてくれた映画を私は知らない。

舞台ではすこしは知られた俳優のギョンスは、友人の監督を信じて彼の映画に出演するが、映画は興行的に失敗し、ギャラもほとんどもらえない。しかも、期待していた次回作のチャンスも失った。

そんなギョンスに先輩のソンウから電話がかかり、誘いを受けてギョンスはチュンチョンに出かける。ここは『冬のソナタ』のロケ地としても知られる、軍事境界線から三〇キロほどの街だ。ふたりは街に繰り出して、飲んで騒ぐ。ソンウはギョンスにグラマーなダンサー、ミョンスクを紹介するが、彼女はギョンスを積極的に誘惑し、ふたりは一夜を共にする。ミョンスクは次第にとりつかれたようにギョンスの虜になっていくが、そうなればなるほど、ギョンスの心は離れていく。所詮彼にとって、彼女は一夜限りの遊びの相手だった。一方、ソンウは、実はミョンスクに想いを寄せていた。

後味の悪さを感じながら、ギョンスはプサン行きの電車に乗り込む。車内で偶然、隣の席に座ったソニョンという女は、どうやらギョンスのことを知っていたようで、いろいろと話しかけてくる。彼女はキョンジュで列車を降りるが、ギョンスはどうしようもなく彼女に惹かれてしまう。列車を降り、彼女をつけて家を突きとめる。そして次の日、ギョンスはソニョンの家を訪ねるのだ。ソニョンは困りながらも、ギョンスを受け入れる。彼女には大学教授の夫がいることがわかるが、ギョンスはとりつかれたようにソニョンの虜になっていく。

こう書けば、ろくでもない男のアヴァンチュール、わざわざ映画に撮るまでもない平凡な物語と思われるかもしれない。いや、実際そうなのであり、この星のどこかで「毎日何千回と起こっている物語」でもあるだろう。しかし、そのどうしようもない平凡さが、見方を変えればいかに非凡なことか？

日常は予兆に満ちあふれるが、それらは取り立てて神々しいものでもないし、われわれを神秘に誘ってくれるわけでもない。それぞれの女との行きずりのセックスで取られる同じような体位や、彼女たちが残す同じような置き手紙、あるいはチュンチョンやキョンジュの湖に浮かぶ同じようなスワンのボート。繰り返される予兆はあまりにも安っぽいが、それに気づけば、日常は驚きの連続となる。

しかし、予兆に気づくのは難しい。映画を観る私はなんとか気づくことができるが、映画のなかを生きる主人公たちにとって、それは容易ではないだろう。繰り返し現れるサインにしても、デジャヴュのような確かさはなく、些細で微妙で曖昧な、うっすらとしたものに過ぎない。それにどうやって気づくのか？ あるいは気づかないのか？

この映画の韓国語タイトルは『生活の発見』だった。

あとひとつ、私が惹かれてやまないのは、ホン・サンスの映画のつくり方だ。

彼は「トリートメント」と呼ばれるト書き状のシノプシスを用意するだけで、詳細なシナリオはないまま撮影を開始する。撮影現場での即興が重視されるわけだ。前日の会話や事件が反映され、当日撮影分の台詞が現場でつくられる。さらに撮影は時間順に進められるから、俳優たちは自然に映画のなかの人物になりきったといい、ここから不思議なライブ感が生まれていく。

私が取るべき手法も、このようなものでなければならない。

湖面を右に見ながら、曇天の鈍い光のなか、志高湖を歩く。しばらく行くと道は湖を離れ、この先にあるもうひとつの湖、神楽女《かぐらめ》湖に向かっているようだ。すこし坂を上っていくと、木々に覆われた円形の土地が現れる。

最初は気づかなかったが、息が切れたのですこし休んでいると、この円形の土地ではさかんに鳥がさえずっている。湖の周りはなんの音もせず、静まりかえっていたから、新鮮な気がする。というか、この場所は奇妙に落ち着き、ハルとナツがときどき訪れるというのはこんなところなのだろうかと想像した。

予兆を捕らえ、そこから新たな物語を紡ぎだすのがアーティストの責務だ。新しいコンテクストを生成させるといってもいい。そのなかで、すべての意味は再生する。世界は生まれ変わる。

円形の土地を離れ、神楽女湖に向かうが、目指すところに湖はない。神楽女湖はこの時期、消えていた。どうやらこの湖は、ショウブの時にだけ出現するようだ。

消えた湖面の上の木道を渡り、回りこんで志高湖に戻る。さっき歩いた湖畔の対岸に出た。

歩きながら、なぜか治子との、あの雨の鉄輪の夜の会話を思い出していた。

「偶然と必然って、相補い合っている。偶然と必然の相補性ね」

相補性か……。そう、そうだ。相補性だ。対立じゃない。相補い合う。そして、これらは足して二で割って薄められるようなものじゃない。

しかしあのときの話は偶然と必然のことだったけれど、それはどれでもそうかも知れないな……。男と女……。過去と現在。現在と未来。過去と未来。昼と夜……。そうか、動物と植物。爬虫類と哺乳類。大脳辺縁系と新皮質……。陰と陽だ。嘘と本当。フィクションとノンフィクション。夢と現実。破壊と創造。聖と俗。孤独と連帯。プライベートとパブリック。心と肉体。そして生と死。

でも、そうしたふたつの異なる領域は、どこかで接しているはずだ。まったく独立して無関係なら相補的であるわけもなく、相補的である以上、お互いに関係し合っていなければならない。じゃあきっと、どこかでくっついているんだよ。

そうかと思い、立ち止まって、つま先で道に太極図を描いてみる。やっぱり中国人は凄いなあ……。そうだ、たぶんこんなものだろう。

しかしそうなると、このくっついているところ、接しているところ、境界面が気になってくる。明快なエッジではなく、それが曖昧な、どっちつかずの領域であったらどうだろう。グラデーションのかかった領域であったとしたらどうだろう？

昼でもあり夜でもある時間、あるいは昼でもなく夜でもない時間。黄昏時、誰そ彼は、の時間帯。移行期。トランジットルーム。どこでもない、ここ。男でもあり女でもあり、男でもなく女でもない。過去でもあり未来でもあり、過去でもなく未来でもない。生でもあり死でもあり、生でもなく死でもない。

どちらになるかは「たまたま」で、どちらであるかも「たまたま」だ。曖昧で柔らかくて繊細でどっちつかず。アーティストや宗教家が操作してきたのは、おそらくこんな領域だろう。もしかすると現代の物理学者の幾人かも、こんな領域に踏み込みはじめているのかもしれない。この曖昧な領域こそ、新たな物語を生み出すところだ。いや、新たな物語が湧きだすところ。そうだ、泉源だ。

また別のイメージが浮かんでくる。ふたつの世界が交差するところ、そこは十字路だ。三叉路でも五叉路でもかまわないが、とにかく道が交わるところ。過去と未来が交わり、男と女が交わり、偶然と必然が交わり、嘘と本当が交わり、昼と夜が交わる。ここに作用する方法が「術」なのだろう。

しかしもし、ふたつの別の世界が隣接、あるいは重なっているとしたら、出入りを考えなければならない。扉をつけることだ。行き来する通路は、あるいは十字路は、すでにそこら中にある。そう、多分、そこら中にある。私たちがやらねばならないことはそういう十字路を見つけだし、そこに出入りのための扉を取りつけることだ。逆に言えば、私たちにできることはその程度。せいぜいが扉をつけることくらいだ。

あるいはもうすこし積極的に考えれば、港の建設というイメージもある。そうだなあ、港という暗喩は美しい。港をつくり、船を出し、新たな航路を切り開く。

しかし、私はなんでこんなことをあれこれ考えているのだろう? ふと気がつくと、もう一〇分はここに立っているようだ。自分で考えているというよりは、誰かに考えさせられているような、そんな奇妙な気持ちになりはじめる。

湖面を右に見て、再びゆっくりと歩きはじめた。

すると、道に一本のツバキがある。かなり不自然な生え方だが、その葉の色はあまりにもつやつやと光った鮮やかな緑で、これも不自然だった。まるでつくりものだなと、あざけるように眺めていると、突然、風もないのに一枚の葉が落ちる。それは不思議な落ち方で、弧を描くようにゆっくりと回りながら着地した。

ここまでは、まあいい。しかしそのあと、もう一枚の葉が落ちて、しかしどう見てもその航跡は、はじめの一枚とまったく同じだった。

わけがわからなくなり、落ちた二枚の葉を見つめるが、二枚はたしかにきれいに重なって、黒い土の上に落ち着いている。落ち方がまったく同じだったことについては思い込みと決めつけることもできたけれど、この二枚の重なった葉については説明もつかない。動転し、おかしなものを見てしまったという気分に襲われるが、急いで立ち去る気にもなれず、そのまま、もう一度葉が落ちてこないか、しばらくツバキを凝視する。

どれほど時間がたったのかよくわからないが、三枚目の葉は落ちてこない。そのうち、これでいいのだという気分にもなり、私はそのまま歩きだした。


わたしたちは暗くなるころまでまわりの砂漠を歩きまわった。彼はぜんぜん植物を見せてくれなかったし、話してもくれなかった。おおきな茂みのところで休んだ。

「植物はえらく奇妙なもんでな」彼はわたしを見ずに言った。「生きとるし、感じとるんだ」

彼がそう言ったまさにそのとき、一陣の風が吹いて、茂みがガサガサと音をたてた。「聞いたか?」彼は右手を耳のところにあてて、じっと聞きいるようにして言った。「葉と風がわしに同意しとる」

カルロス・カスタネダ『呪師に成る　イクストランへの旅』

志高湖で軌道を同じくして落下した二枚のツバキの葉は、はたして世界の同意だったのか?

心の港を開くこと。

## 10

湯布院方面行きのバスに乗り、別府ロープウェイのバス停で降りて、鶴見岳山頂の鶴見山上駅までロープウェイで上る。手を伸ばせば触れられそうなところに志高湖が見えた。

ロープウェイを降りて、山頂に進んだ。標高を示す大杭の傍らに小さな石の社があり、これが火男火売神社奥宮だった。やっと会えたという気持ちになって、私は手を合わせる。

快晴で、眼下には別府の市街、そしてその先にはきらきらと輝く夕刻の別府湾が広がっていた。

別府。湯の上に浮かぶ魔術的な港町。
あまりの美しさに、一瞬、この眺めは鶴見岳の夢ではないのかと思えた。数十億年の時のなかで、火男、火女の両神が見る、うたかたの夢ではないのかと。
次に別府は、私に何をさせるのだろう？

急に強い風が吹きはじめ、頭上では、ウサギのかたちをした白い雲が南に向かって青空を流れていく。さあ、帰ろう。私はきびすを返し、そのまま別府国際観光港に向かい、一八時四五分発のフェリーさんふらわあに乗って大阪南港を目指した。

**周の夢に胡蝶と為るか、胡蝶の夢に周と為るか。**

荘子

8 『水の彼方 Double Mono』 田原著 泉京鹿訳 講談社 二〇〇九

8 『昼の家、夜の家』 オルガ・トカルチュク著 小椋彩訳 白水社 二〇一〇

12 『宇宙のランドスケープ ― 宇宙の謎にひも理論が答えを出す』
レオナルド・サスキンド著 林田陽子訳 日経BP社 二〇〇六

14 『銀河鉄道の夜』 監督＝杉井ギサブロー 一九八五

16 『星の王子さま』 アントワーヌ・ド・サンテグジュペリ著 池澤夏樹訳 集英社 二〇〇五

17 『コンタクト』 監督＝ロバート・ゼメキス 一九九七

32 『精神と自然 ― 生きた世界の認識論 改訂版』 グレゴリー・ベイトソン著 佐藤良明訳 新思索社 二〇〇六

39 『内なるネコ』 ウィリアム・バロウズ著 山形浩生訳 河出書房新社 一九九四

46 『春の日は過ぎゆく』 監督＝ホ・ジノ 二〇〇一

54 『ブレードランナー』 監督＝リドリー・スコット 一九八二

55『宇宙をかき乱すべきか――ダイソン自伝』フリーマン・ダイソン著　鎮目恭夫訳　ダイヤモンド社　一九八二

57『最後の物たちの国で』ポール・オースター著　柴田元幸訳　白水社　一九九四

58『最後の物たちの国で』柴田元幸氏による「訳者あとがき」から

60『自己組織化する宇宙――自然・生命・社会の創発的パラダイム』
エリッヒ・ヤンツ著　芹沢高志+内田美恵訳　工作舎　一九八六

64『エデンの恐竜――知能の源流をたずねて』カール・セーガン著　長野敬訳　秀潤社　一九七八

66『鉄輪』藤原新也著　新潮社　二〇〇〇

72『タイタンの妖女』カート・ヴォネガット・ジュニア著　浅倉久志訳　早川書房　一九七七

81『原典完訳　寓話　セレンディッポの三人の王子』クリストフォロ・アルメーノ著　徳橋曜監訳
角川学芸出版　二〇〇七

95『アースワークの地平――環境芸術から都市空間まで』ジョン・バーズレイ著　三谷徹訳　鹿島出版会　一九九三

98 『新訂　字統〔普及版〕』白川静著　平凡社　二〇〇七

100 アルバム『パリ』マルコム・マクラーレンに収録。

105 『アンティゴネー』ソポクレース著　呉茂一訳　岩波書店　一九六一

106 『地霊　ゲニウス・ロキ　別府近代建築史』
編集者：藤田洋三　監修：村松幸彦　別府観光産業経営研究会　一九九三

116 『8 1/2』監督＝フェデリコ・フェリーニ　一九六三

123 アルバム『ルック・トゥ・ザ・レインボウ』アストラッド・ジルベルトに収録

123 『デューン 砂の惑星』フランク・ハーバート著　矢野徹訳　早川書房　一九七二

128 『二十四時間の情事』監督＝アラン・レネ　一九五九

128 『ヒロシマ、私の恋人　かくも長き不在』マルグリット・デュラス、ジェラール・ジャルロ著
清岡卓行・阪上脩訳　筑摩書房　一九七〇

130 『HIROSHIMA 1958』 港千尋+マリー=クリスティーヌ・ドゥ・ナヴァセル編
写真=エマニュエル・リヴァ　インスクリプト　二〇〇八

131 『愛の小さな歴史』　港千尋著　インスクリプト　二〇〇九

132 『ウィンドウ・ショッピング―映画とポストモダン』
アン・フリードバーグ著　井原慶一郎、宗洋、小林朋子訳　松柏社　二〇〇八

135 Catherine Wood, *Yvonne Rainer : The Mind is a Muscle*, Afterall Books, 2007

143 『絵はがきの別府』　古城俊秀監修　松田法子著　左右社　二〇一二

170 『魚と寝る女』　監督=キム・ギドク　二〇〇〇

171 『気まぐれな唇』　監督=ホン・サンス　二〇〇二

181 『呪師に成る―イクストランへの旅』　カルロス・カスタネダ著　真崎義博訳　二見書房　一九七四

184 『荘子　第一冊〔内篇〕』　金谷治訳注　岩波文庫　一九七一

芹沢高志　せりざわ たかし

P3 art and environment 統括ディレクター
1951年東京生まれ。神戸大学理学部数学科、横浜国立大学工学部建築学科を卒業後、(株)リジオナル・プランニング・チームで生態学的土地利用計画の研究と実践に従事。89年、東京・四谷の禅寺、東長寺にP3 art and environmentを開設。99年までは地下講堂をベースに、その後は場所を特定せずに、さまざまなアート、環境関係のプロジェクトを展開。著書に『この惑星を遊動する』(岩波書店、1996年)、『月面からの眺め』(毎日新聞社、1999年)。訳書にバックミンスター・フラー『宇宙船地球号操縦マニュアル』(ちくま学芸文庫、2000年)、ピーター・マシーセン『雪豹』(ハヤカワ・ノンフィクション文庫、2006年)、ケネス・ブラウアー『宇宙船とカヌー』(ヤマケイ文庫、2013年)などがある。

# 別府

二〇二〇年十一月二十日　初版発行

著者＝芹沢高志
写真（ジャケット・表紙）＝草本利枝
デザイン＝尾中俊介（Calamari Inc.）
印刷・製本＝瞬報社写真印刷株式会社
発行元＝ABI+P3
発売元＝P3 art and environment
〒162-0837 東京都新宿区納戸町12番地第5長森ビル4階
tel: 03-5579-2721
http://p3.org

＊本書は別府現代芸術フェスティバル2012「混浴温泉世界」のコンセプトブックとして執筆された『別府』（別府現代芸術フェスティバル「混浴温泉世界」実行委員会　2012）に一部修正を加え、新たに出版したものです。

ISBN978-4-904965-13-9
Printed in JAPAN